图书在版编目（CIP）数据

了不起的盖茨比 / （美）F·斯科特·菲茨杰拉德著；
曾建华译.-- 武汉：长江文艺出版社，2018.5（2019.4 重印）
（世界文学名著名译典藏）
ISBN 978-7-5702-0219-5

Ⅰ.①了… Ⅱ.①F… ②曾… Ⅲ.①长篇小说－美国
－现代 Ⅳ.①I712.45

中国版本图书馆 CIP 数据核字(2018)第 031547 号

责任编辑：刘兰青　　　　　　　责任校对：毛　娟
封面设计：格林图书　　　　　　责任印制：邱　莉　胡丽平

出版：长江出版传媒 ● 长江文艺出版社

地址：武汉市雄楚大街 268 号　　　邮编：430070
发行：长江文艺出版社
http://www.cjlap.com
印刷：长沙鸿发印务实业有限公司

开本：880 毫米×1230 毫米　1/32　　印张：7　插页：4 页
版次：2018 年 5 月第 1 版　　　2019 年 4 月第 2 次印刷
字数：122 千字

定价：29.00 元

扫码听唐建清讲
《了不起的盖茨比》

世界文学名著名译典藏

全译插图本

# 了不起的盖茨比

〔美〕F·斯科特·菲茨杰拉德◎著　曾建华◎译

**THE GREAT GATSBY**

长江出版传媒　长江文艺出版社

图书在版编目（ＣＩＰ）数据

　　了不起的盖茨比 / （美）F·斯科特·菲茨杰拉德著；
曾建华译.-- 武汉：长江文艺出版社，2018.5
　　（世界文学名著名译典藏）
　　ISBN 978-7-5702-0219-5

　　Ⅰ.①了… Ⅱ.①F… ②曾… Ⅲ.①长篇小说－美国
－现代 Ⅳ.①I712.45

　　中国版本图书馆 CIP 数据核字(2018)第 031547 号


责任编辑：刘兰青　　　　　　　　　责任校对：陈　琪
封面设计：格林图书　　　　　　　　责任印制：邱　莉　　胡丽平
———————————————————————————————

出版：长江出版传媒 ｜ 长江文艺出版社

地址：武汉市雄楚大街 268 号　　　　邮编：430070
发行：长江文艺出版社
电话：027—87679360
http://www.cjlap.com
印刷：长沙鸿发印务实业有限公司
———————————————————————————————

开本：880 毫米×1230 毫米　　1/32　　印张：7　　插页：4 页
版次：2018 年 5 月第 1 版　　　　2018 年 5 月第 1 次印刷
字数：122 千字
———————————————————————————————

定价：29.00 元
———————————————————————————————

# 导　读

　　F. 斯科特·菲茨杰拉德（F. Scott Fitzgerald，1896—1940）是美国 20 世纪最伟大的小说家之一。他被认为是"爵士时代"——20 世纪 20 年代——的文学代言人，在美国文坛上占据着重要的位置。

　　菲茨杰拉德出身于中产阶级家庭，私立学校毕业后，于 1913 年考入普林斯顿大学。在校期间，他试写过剧本，自组过剧团，并为校内文学刊物撰稿，后因身体原因中途辍学。第一次世界大战爆发后，1917 年他应征入伍，但并没有派往欧洲战场，而是随部队驻扎在亚拉巴马州的蒙哥马利市近郊。在此期间，他结识并爱上了当地一名法官的女儿姬尔达·塞尔。同时，他开始创作自己的第一部小说——《人间天堂》，该小说于 1920 年出版。小说以普林斯顿为背景，描述了美国战后一代表面光鲜亮丽、实则懒散倦怠而理想幻灭的生活。小说大获成功，从而奠定了当年他与姬尔达成婚的物质基础。

　　这对年轻夫妇后来移居纽约，并以奢华夸张的生活方式闻名。为了维持这种生活方式，菲茨杰拉德开始为各种杂志撰写故事。1922 年，他出版了第二本小说——《美与丑》，小说描述一位艺术家和他的妻子如何毁于放纵无度的生活。1921年生下他们的女儿弗朗西丝·斯科特后，菲茨杰拉德夫妇在巴黎和法国东南部的里继埃拉地区生活了一段时间，并成为旅法美国名人圈中的重要成员。

菲茨杰拉德的代表作《了不起的盖茨比》成书于1925年，小说的背景被设定在现代化的美国社会中上阶层的白人圈内，细腻准确地展现了20世纪20年代美国的社会生活风貌，细致入微地描绘了当时被称作"爵士时代"的那种纸醉金迷、灯红酒绿的狂热场面，揭示出所谓无论贫富贵贱，通过个人努力皆能获得成功的美国梦的本质只不过是用金钱作为衡量成功与爱情的唯一标准而已。而以创作素材论，读者可以窥见作者本人的若干重要生活痕迹。

耗费了作者大量心血的另一部小说——《夜色温柔》写成于1934年，描写了一个精神病医生与其富有的病人结婚，从而在精神上备受煎熬的曲折故事。该部小说虽然受到后人的高度评价，但刚出版时反响平平。

在菲茨杰拉德的晚年生活中，他的妻子罹患精神病，挥霍无度，给他带来极大的精神痛苦；经济上的拮据使他一度要去好莱坞写剧本赚钱，以维持家庭的庞大生活开支。1940年12月21日菲茨杰拉德猝发心脏病，死于美国洛杉矶，年仅44岁。描写电影工业场景的未完成小说《最后一个巨头》出版于他死后的1941年。菲茨杰拉德还结集出版了四本短篇小说集，它们分别是：《时髦女和哲学家》(1920)；《爵士时代的故事》(1922)；《所有痛苦的年轻人》(1926)；《雷维尔的节拍声》(1935)。

综上所述，菲茨杰拉德的文学作品生动反映了20世纪20年代"美国梦"的虚幻之境和破灭之态，展示了大萧条时期美国上层社会"荒原时代"的精神风貌，他的人生经历和作品都可以证明，他是美国"爵士时代"当之无愧的代言人，是美国20世纪初具有代表性的作家。他的一生有成功和辉煌的一面，亦有苦涩和失落的一面，因而曾被人称作"失败的权威"。他的生命中交织着一系列基本的人生矛盾：雄心与现实，成功与失败，得意与潦倒，热情与颓废，爱情与痛苦，梦想与幻灭，金钱与贫困，理想与迷惘……这些矛盾冲突在菲茨杰拉德的作品中有着生动的描绘，读者虽不能在其中找到现实的答案，但自会得到心灵的洗涤和心智的启迪。而集其大成者毫无争议的非《了不起的盖茨比》莫属，它奠定了作者在美国现代文学史中的地位。

　　《了不起的盖茨比》故事情节梗概大致如下：尼克·卡拉韦是一位来自美国中西部、在纽约从事债券投资生意的年轻人，并与一位年轻富翁杰伊·盖茨比相邻而居。该富翁居住于纽约长岛的一座豪华别墅内，以经常举办奢华喧嚣的家庭聚会而远近闻名。盖茨比的巨额家产来源常成为出席他家聚会宾客茶余饭后的谈论对象，且不乏对其不利的种种流言飞语。而卡拉韦在盖茨比家邂逅的宾客大多数对盖茨比过去的经历不甚了解，有的甚至与他以前素未谋面，更谈不上与他有什么交情。卡拉韦在纽约亦遇上了他的远房表妹黛西以及她的丈夫，也是卡拉韦的大学同学汤姆·布坎南。他出身于富贵人家，身体壮硕,曾经是纽黑文橄榄球队的强力边锋。盖茨比与黛西是一对昔日情人,虽然已时过境迁,黛西已嫁作他人妇,但盖茨比仍对黛西抱有幻想。后来在盖茨比的精心策划以及卡拉韦的协助下,两人再次相逢,旧情复燃。随着两人的私情因见面次数的频繁而逐渐曝光,矛盾达到了高潮。在纽约城一家饭店的客房内,汤姆与盖茨比公开摊牌。盖茨比当着众人的面宣称黛西将离开汤姆,与他结合;而黛西亦称她现在爱的是盖茨比,但对待汤姆却态度游离暧昧;汤姆则揭发盖茨比实为一私酒贩子,发的是不义之财。闹得不欢而散后,黛西和盖茨比开车返回长岛,其他人乘坐另一辆车稍后尾随。在心理层面上,如果说在此之前卡拉韦还是一个局外旁观者的话,经过这场争辩,他已完全站在了盖茨比一边,成为他唯一的和真正的朋友。

在返回的途中,黛西驾驶盖茨比的车撞死了梅特尔·威尔逊,而后者正是汤姆的情妇。她误认为是汤姆开车来接她,正准备上前拦住汽车。她的丈夫威尔逊原先认定是汤姆撞死了他的妻子,后来在汤姆的指证下,将盖茨比误认为肇事者,在开枪射杀他后自己饮弹自尽。而黛西在汤姆面前刻意隐瞒了她开车撞死梅特尔的事实真相,从而间接导致了盖茨比的殒命。在整个故事的结尾处,盖茨比的葬礼的出席者除了其父亲、卡拉韦、一个戴"猫头鹰式眼镜"的昔日客人,以及四五个家仆外,竟然别无他人,其他盖茨比生前对其叨扰不已的各色人等都避之唯恐不及,比之他举办家庭聚会时宾朋盈门、觥筹交错的宏大场景,其死后的孤苦伶仃、悲惨凄凉场面让人不仅感叹人情的冷暖,世态的炎凉,从而也深刻揭示出金钱至上、享乐至死社会的丑陋本质。

菲茨杰拉德能够写出《了不起的盖茨比》这种振聋发聩的文学作品，与其家庭背景和个人的生活阅历密切相关。由于出身于社会较为富裕的阶层以及文学创作上的成功，他能够以"局内人"的身份尽情享受富人阶层的奢华生活；而秉持小说家的社会良知和敏锐的观察视角，他又能以"局外人"的冷峻目光客观审视这种生活的腐朽没落本质。有鉴于此，文学批评界有人将菲茨杰拉德称为"双重视觉者"。在处理"金钱与爱情"这一永恒文学主题的驾轻就熟程度上，美国文学界无有能出其右者。而在写作技巧上，采用印象派的写作手法，笔调既热烈又冷峻，行文流畅，文字优美，运用意象和象征，将现实主义和浪漫主义相结合，戏剧中含有讽刺，美丽和自信中流露出忧郁和悲剧性是菲茨杰拉德小说创作中的主要美学特征。

因其思想性和文学艺术性，《了不起的盖茨比》被美国兰登书屋评为20世纪百部最佳小说之一；美国学术界权威在百年英语文学长河中选出100部最优秀的小说，《了不起的盖茨比》高踞第二位，俨然跻身于当代文学经典行列，而菲茨杰拉德亦被誉为与海明威和福克纳并肩齐名的著名美国作家。

另有根据该小说改编的同名电影和游戏面世。

译者<br>2012 年 4 月于珞珈山下

## "名家音频讲播版"：听名家讲名著

★著名作家＋知名学者＋一线名师倾情打造，权威、专业

★提纯名著精华，跟随名家半小时读完一本书

★音频讲播，多元体验，带您品味文学名著的不朽魅力

| | | |
|---|---|---|
| 局外人 | 马 原 | 知名作家 |
| 红字 | 马 原 | 知名作家 |
| 神曲 | 欧阳江河 | 诗人、批评家 |
| 日瓦戈医生 | 刘文飞 | 翻译家、中国俄罗斯文学研究会会长 |
| 普希金诗选 | 刘文飞 | 翻译家、中国俄罗斯文学研究会会长 |
| 月亮和六便士 | 朱宾忠 | 武汉大学英语系教授 |
| 静静的顿河 | 周 露 | 浙江大学外语系副教授 |
| 傲慢与偏见 | 周 露 | 浙江大学外语系副教授 |
| 少年维特的烦恼 | 梁永安 | 复旦大学中文系副教授 |
| 了不起的盖茨比 | 唐建清 | 南京大学文学院副教授 |
| 源氏物语 | 王 辉 | 湖北大学日语系副教授 |
| 红与黑 | 梁 欢 | 湖北大学法语系副教授 |
| 包法利夫人 | 邓毓珂 | 湖北大学日语系副教授 |
| 巴黎圣母院 | 程红兵 | 语文特级教师 |
| 羊脂球 | 李镇西 | 语文特级教师 |
| 一千零一夜 | 肖培东 | 语文特级教师 |
| 老人与海 | 柳袁照 | 语文特级教师 |
| 小王子 | 孙建锋 | 语文特级教师 |
| 名人传 | 张文质 | 教育学者 |
| 海底两万里 | 罗 灼 | 语文教师 |
| 悲惨世界 | 谌志惠 | 语文教师 |
| 格列佛游记 | 宋丽婷 | 语文教师 |
| 基督山伯爵 | 黎志新 | 语文教师 |
| 呼啸山庄 | 樊青芳 | 语文教师 |
| 高老头 | 孟兴国 | 语文教师 |
| 钢铁是怎样炼成的 | 李 秋 | 语文教师 |
| 欧也妮·葛朗台 | 刘 欢 | 语文教师 |

扫码听唐建清讲
《了不起的盖茨比》

# 目录

*Contents*

# 第一章

不——盖茨比总归遂其所愿。正是盖茨比所遭遇的厄运，以及笼罩在他梦想中的不祥浮云，使我对人们稍纵即逝的欢乐及无端的烦恼暂时失去了兴趣。

在我懵懂无知的少年时代，我父亲曾经教导过我一句话，令我终身难忘。

"任何时候如果你想批评任何人，"他对我说，"要牢记在心的是，在这个世界上并不是所有的人都拥有像你所拥有的那些优越条件的。"

对此，他别无他言。但由于我们总是能够达到心照不宣的境界，我明白此话蕴含的深意。久而久之，我养成了慎下判断的习惯。这个习惯既可以让很有古怪性格倾向的人向我敞开心扉，也使得我成为不少爱发牢骚之人的牺牲品。当这种特性在一个正常人身上显露出来的时候，则往往会成为某些心理不正常之人的追逐目标。就是出于这个原因，我在大学时期被某些人无端地指责为"政客"，因为我知道一些放荡不羁的无名之辈的隐秘的忧伤往事。绝大多数的隐私都不是我蓄意打听到的——每当我根据某种确凿无疑的意象感觉到又有人将向我倾诉衷肠之时，我立马会装出一副昏昏欲睡的神态，或是作出若有所思的模样，或者干脆对其怒目而视。因为我心里十分清楚，这些毛头小伙所倾诉的内容，或者至少说他们表达情感所使用的语言，通常都带有模仿的痕迹，而且由于其压抑的情感而变得词不达意。不妄下判断是人生的理想境界。至今我仍在谨言慎行，唯恐我忘记了这条金科玉律——这条父亲以自得的态度所指出，现在我又以自命不凡的姿态高调重复的金科玉律：基本的礼仪观念在人出生的时候就不是整齐划一的。

在对我的忍耐性作了一番自吹自擂的表扬后，我必须承认，在这方面也有个限度。人的行为可能奠基于坚实的理性岩石之上，亦可能植根于湿软的感性泥淖之中，但只要超过了某一临界点，其基础如何就不是我的关注点所在了。去年秋天，当我从东部归来时，我真希望全世界就是一个大军营，有着统一的道德标准，这样我就不用劳心费力地去探究单个人的内心世界了。当然，对此而言，本书的主人公盖茨比是个例外，他的遭遇为我所鄙夷。如果人的个性展现出一系列不断成功的姿态，那么这个人就一定具有超越凡人的特质，对生活目标的追求有着超乎常人的高度敏感性，犹如一台能够测出万里之外地震的精密仪器。这种敏感和通常被称为"创造性气质"而实为优柔寡断的特性毫无关联，它是一种对生活常怀希冀之心、充满浪漫幻想的非凡特质。我在其他人身上并没有发现这种特质，今后可能再也不会发现有此类人。不——盖茨比总归遂其所愿。正是盖茨比所遭遇的厄运，以及笼罩在他梦想中的不祥浮云，使我对人们稍纵即逝的欢乐及无端的烦恼暂时失去了兴趣。

我们家三代以来都是这座中西部城市的名门望族。卡拉韦家族也算是个世家，据传我们是布克娄奇公爵的后裔，但实际上我们家族的奠基人是我祖父的兄长，他 1851 年时定居于此，花钱买了个替身去参加美国南北战争，自己则开了个五金器具批发店，到今天，这个店则由我父亲经营。

我从来没有见过这位伯祖父，但是大家都认为我长得像他——这一点，悬挂在我父亲办公室那幅板着面孔的他的画像可以证明。我于 1915 年毕业于纽黑文大学，恰好比我父亲毕业的时间晚了四分之一世纪。稍后，我参加了第一次世界大战，这次大战又被称作"被推迟的条顿民族大迁徙"。我在反攻中获得无穷的快感，复员后就觉得日常生活无聊至极。而此时中西部已不再是世界繁华的中心，倒更像是宇宙边缘的残破地带。因此，我下定决心到东部学习证券业。我认识的几乎每个人都在从事证券行业，因此我想我能从中分得一杯羹。我的大伯小姨们对此争论不休，那情形仿佛在为我选择读哪一所预备学校一样，最后才语带迟疑地说道："那……去吧。"神色却是分外的凝重。父亲答应支付我一年的花销，中间又几经延误，我才在 1922 年春天来到了东部。我想，我将永远地离开家乡在此地生活了。

此时我面临的迫切问题是在城里找到一处居住的地方，但那时正好是天气转暖的季节，而我又刚刚离开了有着平阔草地和宜人树林的故乡。因此，当办公室的一位年轻人主动提出我们俩到近郊合租一处房子的时候，我觉得这真是一个绝妙的主意。他找到了房子，那是一座饱经风雨侵蚀、木板结构、带走廊的平房，每月只需付八十美元的租金。可是正当我们准备入住时，公司却将他调去华盛顿，我只好孤身一人搬到郊外去了。我养了一条狗——至少在它逃掉之前我养了它几天，还有一辆旧道吉汽车和一个芬兰女佣，她帮我收拾床铺和准备早餐，而她在电炉上忙碌时，嘴里会不时蹦出几句芬兰语的名词警句。

刚搬过去的那几天，我显得形单影只，直到有一天早上，一个比我来得更晚的人在路上拦住了我。

他很无助地问道："到西半岛村去该怎么走呢？"

我给他指了指路，继续前行的时候，我就不再感觉孤单了。我变成了一个向导，一个引路者，一个原住民，他无意中使我具有了一种老街坊的自由感。

我能感觉到阳光普照大地，身旁的树木枝繁叶茂，一切犹如电影中快速切换的镜头一般变幻莫测，使我心中又浮现出那个熟悉的信念：生命伴随着夏天的来临又重获新生了。

一方面，有那么多的专业书籍等待我去钻研；另一方面，要从这清新宜人的空气中去汲取健康的养分。我购买了十几部关于银行业、信贷业以及证券投资的书籍，这些立在我书架上红色烫金封皮的书，犹如刚从造币厂印刷出的崭新钞票一样，随时准备向我揭示只有迈达斯①、摩根②和米赛纳斯③才能洞悉的巨大机密。除此之外，我还对阅读其他许多门类的书籍怀有特别强烈的兴趣。我在大学时代就已显露出了文字上的天分，在不到一年的时间里，我曾经给《耶鲁新闻》写过一系列社评性文章，文笔庄重，观点鲜明。现在，我准备在今后的职业生涯中重拾旧技，变成一个通才领域中的专才，这并不只是一个俏皮的警句——只从一个窗口审视人生，功成名就的机会更大。

完全是出于一个偶然的机会，我租下了全北美最古怪社区之一的这所房子。该社区位于纽约市正东一个狭长、喧嚣的小岛上，那里除了其他自然奇观外，还有两个奇异的地形。距离市中心二十英里，相对耸立着一对硕大的鸡蛋形的半岛，轮廓毫无二致，中间被一湾海水相隔，延伸至西半球那片最宁静的海水之中，即长岛海峡的平静海湾。它们并不是呈完全意义上的鸡蛋形，而是像哥伦布故事中的鸡蛋一样，触地的一面呈扁平状。但是它们相似的外形一定会使从其上空掠过的海鸥感到迷惑不解；而对无翼的生灵而言，人们更觉感兴趣的是：这两处地方除了形状和面积相似外，在其他各方面则迥然相异。

我租住在西半岛——嗯，就是两者中稍不时髦的那个半岛，不过这是一个非常表面化的标识性用语，本身并不足以揭示两

---

① 迈达斯，希腊神话中的人物，弗里吉亚国王，贪恋财富，通点物成金之术——译者注。

② 摩根，美国金融家，第一次世界大战时在美国为协约国政府筹集巨额贷款，又为战后重建筹集贷款17亿美元——译者注。

③ 米赛纳斯，古罗马大财主——译者注。

者之间那种稀奇古怪而又晦涩难分的区别。我租住的房子位于"鸡蛋"的正顶端，离长岛海峡只有不过五十码的距离，并且挤在两幢大别墅中间，其租金每季度就要付一万二至一万五美金。我右手边的那一幢别墅，无论按什么标准来衡量，都堪称是一个庞然大物——完全是诺曼底乡间某豪华旅社的翻版，两边各矗立着一座崭新的塔楼，其上攀援着一些稀疏的常青藤植物，还有一个用大理石砌就的游泳池，以及附带占地四十多英亩的草坪和花园。这就是盖茨比的花园洋房。或者可以这么说，因为我当时并不认识盖茨比先生，这是一幢花园洋房，里面住着一位姓盖茨比的绅士。我租住的房子实在太扎眼，但是它很小，没有人会留意到它，因此我才有幸能住在这里欣赏这一片海景，窥视邻居大草坪的部分景色，并且为能与百万富翁毗邻而居而感到欣慰——而我为这一切所付出的代价不过是每月八十美元。

而宁静海湾的对面，在那时髦的东半岛上，那些临水而建的洁白的宫殿式豪宅，在阳光的照耀下熠熠生辉。那个夏天发生的故事是从我驱车去东半岛到汤姆·布坎南家做客的那个黄昏才真正开始的。黛西是我的一个远房表妹，而汤姆本人，我早在上大学期间就认识他了。第一次世界大战结束后不久，我还在芝加哥与他们夫妻俩待过两天。

黛西的丈夫极具运动天分，擅长各类体育运动，曾经是纽黑文橄榄球队最强力的边锋之一，在全美亦颇负盛名。他属于那种在二十一岁时即达到人生的巅峰状态，其后人生轨迹就不停下滑的人物之一。他家里的经济状况非常阔绰——即使在大学期间他那种挥金如土的奢侈生活方式就屡屡遭人诟病。现在他离开了芝加哥，搬到东部来了，而搬家的排场令人瞠目结舌。例如，为了便于打马球，他竟将一群马从老家森林湖镇运到了纽约。在我的同辈人中竟有人富裕到如此程度，真是令人难以想象。

我并不清楚他们来到东部的具体原因。他们没来由地在法国待了一年，然后就东游西荡，行踪飘忽不定，哪儿有打马球的富翁，哪儿就能看到这对夫妇的身影。黛西在电话里对我说，这次他们打算长久定居于此，不再以四海为家了。我并未将此话当真：我捉摸不透黛西的心思；但以我对汤姆的了解而言，仅仅为了橄榄球比赛的喧嚣和刺激，他也会乐此不疲地游荡下去的。

于是，在一个暖风徐吹的黄昏，我驱车前往东半岛拜访我这对心思难以捉摸的老朋友。他们住所的奢华程度完全出乎我的意料。那是一座红白色相间、令人赏心悦目的别墅，颇有乔治时代殖民统治时期的建筑风格，俯瞰着海湾。草坪连接着海滩，向上延展到别墅的前门，足有四分之一英里长，其间穿越日晷、砖铺小径和姹紫嫣红的花园，将至门前，又有翠绿的常青藤，仿佛借着草坪延展的余力，攀墙而上。别墅的正面是一排法式落地长窗，此刻在落日余晖的映射下闪烁着金色的光芒，以展开的姿态接纳着和煦的暖风。而汤姆·布坎南身着骑马服，正叉着双腿站立在前门的门廊边。

与纽黑文时代相比，汤姆的模样已发生了很大的变化。在我面前是一位三十岁的男人，有着强壮的体格，淡黄色的头发，棱角分明的嘴唇以及倨傲的姿态。炯炯有神的双眼尤为突出，给人一种咄咄逼人的印象。就连他那一身略似女人装的骑马服也遮盖不住他那魁梧健壮的身躯——他结实的小腿将那双闪亮的马靴塞得满当当的，似乎连靴带都绷它不住。当他转动肩膀时，透过那件薄薄的外套，你似乎可以瞥见那凸起的肌腱。这是一个力可盖世的身躯，只不过带有些许冷酷无情的意味。

他说话时语音粗哑，更凸显了其暴躁易怒的性格。他说起话来还带着一种居高临下的轻蔑口吻，即使对他喜爱的人亦同样如此。因此在纽黑文的时代，反感甚至厌恶他的人不在少数。

他过去经常挂在嘴边的是："喂，不要认为只是因为我比你力气大，比你更有男子汉气概，所以在这些事情上才是我说了算。"我们俩当时是同一个高年级学生联谊会的会员，不过彼此之间的交往谈不上密切，但我有一种他很欣赏我的感觉，只是带着他那独特的粗野性格和盛气凌人的方式，希望博得我对他的好感。

我们在充满阳光的门廊里闲聊了几分钟。

"我这地方还不赖吧。"他向我夸耀道，眼神却不安地游离着。

他抓住我的一只胳膊，使我转过身去，挥舞着一只宽大的手掌，指点着眼前的美景：台阶下的意大利式花园，占地半英亩之多，种满香气浓郁的深色玫瑰花的花圃，以及一艘系在海岸边、随波荡漾的扁平头汽艇。

"这里曾经是石油大亨往梅因住过的地方，"他又使我转过身来，客气但又不容置疑地说道："我们进去吧。"

我们穿过一间高高的门厅，来到一个明亮的玫瑰色客厅门口。客厅的两端都配有落地长窗，将客厅巧妙地嵌在了主楼的中心部位。长窗都虚掩着，在长至窗外墙根碧绿青草的映衬下，其颜色白得令人炫目。随着一阵轻风吹拂过客厅，窗帘便如一面面白色的旗帜随风起舞，此起彼伏地飞向天花板，仿佛想舔舐其上那酷似糖花婚礼蛋糕的装饰图案，然后从绛红色地毯上轻掠而过，犹如一阵风吹过海面时留下的涟漪。

　　客厅里唯一静止不动的物体是一张硕大的长沙发，上面端坐着两个年轻女人，仿佛坐在一个滞留在地面的大气球上。她俩都穿着一身白色衣服，衣裙随风起伏，仿佛她俩环绕房子飞了一圈刚被风吹回来似的。我一定在客厅门口站了好一会儿，因为我耳朵里一直回响着窗帘随风舞动的哗啦声和墙上一幅挂像发出的嘎吱声。忽然又传来砰的一声，原来是汤姆·布坎南将客厅后面的落地窗给关上了，此时随着风的逝去，窗帘、地毯以及那两位年轻女人也就凝固在了地面上。

　　两个女人中更年轻的那一位我素未谋面。只见她在长沙发的一端舒展着身体，纹丝不动，下巴却微微上翘，仿佛她在上面放了某种物件，因而必须保持身体的平衡，以防它掉下来似的。不知她是否用眼角的余光瞥见了我，即使如此，她亦无半点表示——相反，倒是我吃惊不小，几乎要为我的到来惊忧了她而要开口向她道歉。

　　黛西，两位年轻女人中的另外一位，欠起了身子。她身体微微前倾，面露纯真的神情，然后又扑哧一笑，显得没来由而又可爱至极，我也跟着笑了，一脚踏进了客厅。

　　"我幸福得要瘫……瘫过去了。"

她又笑了，仿佛说了一句十分幽默风趣的话似的。然后，她拉起我的手，仰起脸打量着我，向我保证在这个世界上再没有其他人是她最想见到的了。这就是她一贯的说话风格。她悄声告诉我那个保持着身体平衡的姑娘尊姓贝克。顺便提及一下，有人说黛西之所以说话轻声细语，其目的只不过是想让听她讲话的人更靠近她的身子，但这种不相干的闲言碎语丝毫无损于这种说话方式的迷人之处。

不管怎么说，贝达克小姐的嘴唇还是嚅动了一下，向我点了点头，幅度小得几乎让人察觉不出来，接着迅速将头仰了上去，似乎那个她在极力保持住平衡的物件明显地动了一下似的，这让她吃惊不小。道歉的话再一次似乎要从我口中脱口而出，因为任何形式的自持行为都能赢得我衷心的敬佩。

我回过头去注视着表妹，她又开始用她那微弱而迷人的嗓音问了我一系列问题。面对这种声音，人们必须洗耳恭听，因为它就像构思精巧的一组音符，稍纵即逝，并且绝不会给你重温的机会。她那漂亮而略带忧郁的脸蛋洋溢着明媚的神采，双眸明亮而动人，双唇精致而性感，特别是她的嗓音中蕴含一种撩拨的意味，使所有倾心于她的男人听后都难以释怀：它饱含美乐的魔咒；"请听下去"的喃喃诉求，它隐藏着一种承诺；她既然已唤起你欢快、兴奋的心绪，接踵而至的场景将绝不会使你失望。

我告诉她，在来东部的途中，我曾经在芝加哥停留了一天，当地有十来个人托我向她问好。

"他们想我吗？"她欣喜万分地大声问道。

"全城人都感到寂寞难耐，所有汽车的左后轮都漆上了黑色，以志哀怨，而在城北的湖边，叹息声彻夜不停。"①

"太好了！汤姆，我们回去吧，明天就动身。"接着她却没来由地冒出另一句话："你应该去看看孩子。"

"我正想着去看看。"

"可是她睡着了。她已经三岁了，你还未见过她吧？"

"没有。"

汤姆·布坎南先前一直心绪不宁地在客厅里来回走动着，此时他停住身子，将一只手搭在我肩膀上。

"你现在在做什么工作呢，尼克？"

"在做债券投资生意。"

"在哪家公司？"

我告诉了他公司的名称。

"从来没有听说过。"他斩钉截铁地说。

他的话让我感到不太舒服。

"你会听说的，"我简短地回应道，"只要你一直待在东部，你迟早会听说这家公司的。"

"哦，我肯定会在东部待下来的，这一点你不用担心。"他边说边瞥了一眼黛西，又回过头来紧盯住我，好像要预防某种不测事件的发生似的。"如果我搬到其他地方去住，那他妈才是十足的大傻瓜呢。"

---

① 请注意作者在此处所使用的是夸张、讽刺语气。另："城北的湖边"泛指芝加哥市富人聚居的地区——译者注。

就在此时贝达克小姐插嘴说道："说得好！"其突兀之程度吓了我一大跳——这是自我进入客厅以来她开口说的第一句话。很显然她自己吃惊的程度也丝毫不亚于我，只见她边打着呵欠，边迅捷地从沙发上站起身来。

"我的身子都僵硬了，"她抱怨道，"我在这张沙发上已不知躺了多长时间了。"

"别那么瞧着我，"黛西反驳她道，"整个下午我都在劝你跟我一起到纽约城中去。"

"多谢你，我才不去呢，"贝达克小姐对着刚从食品间端出来的四杯鸡尾酒说道，"我正在进行封闭式训练呢。"

男主人满腹狐疑地瞧着她。

"是吗？"他端起酒杯来一饮而尽，仿佛杯中只有最后一口酒似的。"你能练成怎样我还真是不知道呢。"

我打量着贝达克小姐，心中暗自猜测她"能练成怎样"。我饶有兴致地看着她。贝达克小姐是一位身材苗条、胸部扁平的姑娘，由于她像一个年轻的军校学员那样昂首挺胸，更显得身姿挺拔。她用她那双灰色的、碍于阳光照射而眯缝着的眼睛也打量着我，妩媚的脸蛋流露出苍白而略带迷惘的表情。此时我想我曾经在哪儿见过她，或是见过她的照片。

"你是住在西半岛吧？"她语带轻蔑地问道，"我认识那边的一个人。"

"我可一个也不认识……"

"你至少认识盖茨比吧！"

"盖茨比？"黛西追问道，"哪一个盖茨比？"

我还未来得及回答盖茨比是我的一个邻居，佣人就进来宣布晚餐已经准备好了。汤姆·布坎南不由分说就把一只粗壮有力的胳膊插在我的臂弯里，把我推出了客厅，犹如把棋盘上的一个棋子推到另一个格子中似的。

两位年轻女士将手轻搭在腰间，仪态万方地先我们一步走进一个玫瑰色的阳台，阳台正面对着落日。餐桌上摆放着四支点燃的蜡烛，烛光在渐逝的晚风中摇曳不定。

"为什么要点蜡烛呢？"黛西抗议道，眉头紧锁表达着不满。她用手指掐灭了蜡烛。"再过两个星期，我们将迎来一年中白天时间最长的一天。"她容光焕发地环视着我们。"你们是否一直在等待一年中白天最长的一天，然后再开始怀念它呢？我总是期待着一年中白天最长的那一天，然后对此念念不忘。"

"我们得有个计划。"贝达克小姐在桌旁就座，打着哈欠说，其神情像是要上床睡觉似的。

"好啊，"黛西回应道，"但咱们能做什么计划呢？"她把脸调向我，颇为无奈地问道，"人们通常都计划些什么呢？"

我还没来得及回答，她忽然两眼惊恐地盯住她的小手指。

"瞧呀！"她哀怨地说道，"我把小手指灼伤了。"

我们都瞧了瞧——她的小手指关节有些黑紫。

"这都怪你，汤姆，"她指责他道，"我知道你不是存心的，但这的确是你的错。这就是我嫁给你这么个粗野男人的报应，一个粗大笨拙的家伙……"

"我憎恶'笨拙'这个词，"汤姆黑着脸反击道，"就算是玩笑话也不行。"

"笨拙。"黛西不依不饶地又来了一句。

席间，黛西和贝达克小姐交谈着，但并不喧宾夺主。她们有时也相互开一些无伤大雅的玩笑，但并不像一些饶舌妇般搬弄些家长里短，其谈论的话题犹如她们身穿的纯白衣服和清澈眼神，绝无半点杂念与欲望。她们就坐在那儿，欣然接纳了汤姆和我的存在，或是礼貌地款待我们，或是愉悦地受纳我们的款待。她们心里十分清楚：晚宴很快就将收席，稍后聚会亦将宣告结束，一切将被人们置于脑后。这与西部的场景形成鲜明的对照。在西部，人们出于永难满足的欲望，或是单单出于对聚会结束的恐惧心理，是将其分阶段地推向高潮的。

"黛西，你使我觉得自己像个野蛮人似的，"我坦承道。这酒虽然带有点软木塞气味，口味却十分地道，"你不能谈谈农业或其他什么话题吗？"

我只是随口这么一说，不想却有人将它接了过去。

"文明即将崩溃，"汤姆愤愤不平地厉声插嘴道，"我近来已成为一个彻头彻尾的悲观主义者。你有没有读过戈达德写的《有色帝国的崛起》这本书？"

"嗯，没有。"我回答道，同时对他说话的语气惊诧不已。

"那太可惜了。这是一本好书，值得每个人去细细品味。书的大意是说，如果我们白人不对未来保持警觉的话，就会……有没顶之灾。书中全是科学的结论，有事实证明了的。"

"汤姆变得越来越深刻了，"黛西说道，脸上带有一丝莫名的惆怅。"他经常阅读一些用词晦涩难懂的书籍。那是个什么词来着？我们……"

"我说，这些书都是有科学依据的，"汤姆不耐烦地白了她一眼，坚持道，"这个家伙把一切都讲得明明白白的：我们占统治地位的白人应时刻保持警惕，否则，其他人种就会掌控整个世界。"

"我们一定会挫败他们。"黛西小声嘀咕道，同时对着西下夕阳的光芒不停地眨巴着眼睛。

"你们应当搬到加利福尼亚……"贝达克小姐开口说，可是汤姆在座椅上重重地挪动了一下身子，把她的话给打断了。

"书中的主要观点是说我们是北欧日耳曼种族。我是，你是，你也是，还有……"稍稍犹豫了一下后，他略微点了一下头将黛西也算进去了，这时黛西又冲我眨了眨眼。"正是我们构筑了文明的基础——科学和艺术啦，诸如此类的东西，你们明白吗？"

他那副全神贯注的表情惹人可怜。他以自负著称，但"自负"这个词已不足以描述他现在的神情了。恰在此时，房间里的电话铃响了，男管家离开了阳台去接听，抓住这个稍纵即逝的良机，黛西又将脸凑到了我的面前。

"我要告诉你我家的一桩秘密，"她兴致颇高地对我耳语道，"是关于男管家的鼻子的，你有兴趣听吗？"

"我来这里的目的就是为了消遣的。"

"那好吧。他早先可不是什么管家。他从前在纽约专门给一大户人家擦拭银器。那户人家有一套可供二百人使用的银餐具，他要从早上一直擦到深夜，长此以往他的鼻子就受不了啦……"

"后来情况变得越来越糟糕。"贝达克小姐适时补上了一句。

"是啊，情况变得越来越糟，最后他只得放弃了那份工作。"

有那么一会儿，夕阳的最后一抹余晖含情脉脉地抚弄着她那张容光焕发的脸庞，她的轻声曼语使我身不由己地凑上前去屏息倾听。接着，余晖渐渐逝去，每一丝光芒都显现出不舍的表情，犹如孩子们在黄昏时刻离开欢快的街道一般难舍难分。

男管家回来了，倾身凑在汤姆的身边嘀咕了些什么。汤姆听了眉头一皱，将身下的椅子朝后一挪，一声不响地走进室内去了。汤姆的忽然离去仿佛激活了黛西内心的某种情绪。她又将身子倾了过来，声音像音乐般亮丽而动听。

"真高兴你能来赴宴，尼克。你使我想到一朵——一朵玫瑰花，一朵真正的玫瑰花。难道不是吗？"她转过头去看着贝达克小姐，似乎向她求证似的，"他是不是像一朵真正的玫瑰花？"

这纯粹是信口开河，我一点也不像玫瑰花，但这番胡言乱语却充盈着一股撩人心弦的激情，透过它似乎可以窥见她的内心世界。紧接着，她突然将餐巾往桌上一扔，说了声"对不起"，就进房去了。

贝达克小姐和我彼此交换了一下眼色，故意显得不露声色。我正准备说话的时候，她警觉地坐直了身子，发出了"嘘"的一声警告。这时房间内传来一阵压抑的、激切的争辩声。贝达克小姐百无顾忌地探起身子，竖起两只耳朵去听。房内讲话的声音时隐时现，不甚连贯，一会儿低沉，一会儿高昂，然后就完全打住了。

"你刚才提到的那位盖茨比先生是我的邻居……"我开口说道。

"别出声，我想听听出了什么事。"

"出什么事了吗？"我茫然地问道。

"你的意思是说你什么都不知道？"贝达克小姐惊讶道，"我原以为人人都知道此事呢。"

"我可不知道。"

"是吗——"她语气稍显迟疑地说，"汤姆在纽约有个女人。"

"有个女人？"我茫然无措地重复了一遍。

贝达克小姐点了点头。

"她至少应该顾点体面，不该在他们吃晚饭的时间打电话给他，你认为呢？"

我还在极力弄清贝达克小姐话中的含意，此时就听到了衣裙的窸窣声和皮靴的咯吱声，汤姆和黛西回到了餐桌旁。

"真是毫无办法！"黛西强作欢颜地大声说。

她坐了下来，将我和贝达克小姐轮流打量了一番，又接着说："我刚才看了一下窗外，景色真是浪漫。草坪上有一只鸟儿，我想它一定是搭乘'康拉德'或者'白星'轮船公司①的船过来的夜莺。它一直唱个不停……"她的声音亦犹如唱歌一般。"浪漫极了，是不是，汤姆？"

"浪漫极了，"他随口应道。然后他转向了我，一脸愁苦相，"晚餐后如果时间还早的话，我想带你去看一下我的马厩。"

这时房内的电话又不合时宜地响了起来，大家都吓了一大

---

① 这是两家著名的邮轮公司，专营横渡大西洋的业务——译者注。

跳。黛西坚决地对汤姆摇了摇头，于是关于马厩的话题，实际上所有的话题，都消解在无形之中了。在晚餐最后五分钟残存的记忆片断里，我依稀记得熄灭了的蜡烛又没来由地点着了；我意识到我极力想看清每个人的神情，又下意识地极力回避着大家的目光。我无法猜测黛西和汤姆当时的想法，但是我敢肯定，即便是贝达克小姐对其中的某些蹊跷之处了然于胸，也无法完全理解这第五位客人尖锐刺耳的急切呼唤的确切含义。而对具有某种性情的人而言，眼前的局面倒是蛮够刺激的——我自己的本能反应是立即报警。

当然，关于马匹的事再也没有人提及了。在暮色中，汤姆和贝达克小姐一前一后走回了书房，其神情仿佛去守护一个有形的物体似的。同时，我装出一副兴趣盎然又茫然无知的模样，跟着黛西穿过一连串相互连接的走廊，走到前面的门廊里去。在门廊幽幽的昏暗中，我们并排坐在一张柳条编织的长靠椅上。

黛西用双手捧住自己的脸庞，仿佛在用心感受它那可爱的模样，同时她慢慢放眼去观察那天鹅绒般的苍茫暮色。我看出她此时心潮难平，于是我就问了几个具有抚慰作用的问题，都是有关她小女儿的。

"尼克，我们之间相互了解得并不多，"她忽然感慨道，"即使我们是堂兄妹。你甚至都没来参加我的婚礼。"

"我那时不是在前线吗，回不来。"

"没错，"她迟疑了一下，又说道，"唉，尼克，我的遭遇太不幸了，现在我对生活中的一切都持怀疑态度。"

显然，她说的话是有理由的。我等着她的倾诉，可是她却再无下文。过了一会儿，我又小心翼翼地将话题转回到她小女儿身上。

"我猜她一定会说话了……会吃饭了，什么都学会了吧？"

"啊，是的，"她茫然地瞅着我，说道，"听我说，尼克，让我告诉你她出生的时候我经历了些什么，你愿意听吗？"

"很想听。"

"你听过后就会明白我为什么是这样一种态度了。孩子出生后还不到一个小时，汤姆就消失得无影无踪了。麻药的劲一过，我就有了一种被人彻底抛弃的感觉，于是我立即问护士生的是男孩还是女孩。她告诉我是个女孩，我就侧过头去哭了起来。'那好吧，'我哭着说，'我很高兴是个女孩，而且我希望她天生就是一个傻瓜——这是一个女孩在这个世界最好的宿命，一个漂亮的小傻瓜。'"

"你看，反正这世界上的一切在我眼中都是糟糕透顶的，"她固执地接着说，"每个人都是这么认为的——即使那些先知先觉者都是如此，事实就是如此。我什么地方都去过了，什么事情都经历过了，什么事情也都已经做过了。"她双眼放光，目空一切地环顾着四周，像极了汤姆。接着，她又爆发出一阵让人不寒而栗的冷笑声。"长于世故……天哪，我已经变得相当世故了！"

她激动地说完上述一大段话，但我的洞察力和良知感觉到这并非是她的肺腑之言。这种感觉使我感到不安，仿佛整个晚上发生的场景只不过是一个骗局，其目的只不过是博取我的同情而已。我静默无语。果不其然，当她再抬头看我时，那张漂亮的脸蛋上浮现出虚伪的笑容，仿佛她与汤姆同属于一个上流社会的著名秘密社团。

别墅内，那间绯红色调的房间灯火通明，汤姆和贝达克小姐坐在那张长沙发的两端。贝达克小姐正在给汤姆诵读《星期六晚邮报》，声音低沉，毫无节奏感，使人昏昏欲睡。灯光映在他的皮靴上闪闪发亮，照在她那秋叶般黄色的头发上则黯淡无光。每当她翻动页面时，手臂上纤细的肌肉也随之抖动，灯光也在报纸上忽明忽暗。

当我们走进房间时，她扬起一只手示意我们先别讲话。

"未完待续，"她读出最后一句，随手将杂志扔在茶几上，"请读本刊下期。"

她单膝抖动了一会，身子一挺站了起来。

"10点钟了，"她说道，仿佛天花板是时钟似的，"我这个乖女孩要去休息了。"

"乔丹明天要去参加锦标赛，"黛西解释道，"在韦斯切斯特那边。"

"哦，原来你是乔丹·贝克。"

这时我才明白她为什么看上去很眼熟了。她那张看上去讨人喜欢而又略带傲气的面庞，我曾经多次在报道阿什维尔、温泉城和棕榈滩的许多赛事的体育报刊照片上看到过。我还听说过有关她的传闻，一些刻薄的、略带讽刺性的闲话，但具体是什么内容，我已记不清了。

"晚安，"她柔声说，"明早8点叫醒我，好吗?"

"只要你能起得来床。"

"没问题。晚安，卡拉韦先生。下次再见。"

"你们当然会再见面的，"黛西用不容置疑的口吻说道，"说老实话，我想做个媒。尼克，经常过来玩，我会想法子——呃——撮合你们的。比如碰巧把你们关进壁柜里，或者是把你们放在一只小船上，然后往大海里一推，诸如此类的事情……"

"晚安，"贝达克小姐在楼梯上喊道，"我可是一个字都没有听见。"

"贝克是个好姑娘，"过了一会儿，汤姆说道，"他们不应该让她这样在全国各地乱跑。"

"你说是谁不该？"黛西冷冷地问道。

"她家里的人。"

"她家里只有一位年龄大得吓人的姨妈。再说，尼克将来可以照顾她，是吧，尼克？贝克今年夏天会常来这里度周末，我想这里的家庭氛围对她会有好处的。"

黛西和汤姆相互默然地对视了一会儿。

"她是纽约人吗？"我急忙问道。

"是路易斯维尔人。我们在那里共同度过了纯真的少女时代，我们那纯净无瑕的……"

"你是不是在游廊上和尼克说了贴心话了？"汤姆忽然质问黛西道。

"我说了吗？"黛西望着我，"我好像不记得了。但是我想我们聊到了日耳曼民族。是的，我确信我们聊到了这个话题，不知不觉就聊上了它，情况总是这样……"

"尼克，不要相信你听到的任何事情。"汤姆告诫我道。

　　我轻描淡写地回答他我什么也没听到。几分钟后我起身告辞回家。夫妻俩将我送到大门口，肩并肩站在明亮的灯光下。当我发动汽车准备驰离时，黛西忽然用不容置疑的口吻大声喊道："等一下！"

　　"我忘了问你一件重要的事情，听说你和西部的一位女孩订婚了。"

　　"是啊，"汤姆随声附和道，"我们听说你订婚了。"

　　"没有的事。我太穷了。"

　　"但是我们听说了，"黛西坚持道，心情明显趋好，欢欣的语气犹如盛开的鲜花般，这使我暗自吃惊不小。"我们听三个人提过此事，所以肯定错不了。"

　　对他们所指何事，我当然心知肚明，但是我确实没有订婚。我之所以来东部，原因之一就是这些关于我订婚了的流言飞语。你不能因为害怕谣传就不和老朋友来往了；另一方面，我也不愿迫于人们的闲言碎语而结婚。

　　他们的关心让我深受感动，而且也让他们不再因为富有而显得高不可攀。即便如此，当我驱车离去时，心情依然感觉有些困惑，同时还有点厌恶。在我看来，黛西当时应该做的事是，抱起孩子冲出别墅——可是很明显，黛西的大脑里没有一点这种想法。至于说到汤姆，他"在纽约有个女人"这事倒不奇怪，让人感到吃惊的是他居然会因为一本书而神情沮丧。某种东西正在使他对那些陈腐的观念感兴趣，且念念不忘，好像他那壮硕体形中蕴藏的自大情绪已然不够滋养他那专横武断的心灵了。

　　路边小旅馆的房顶上，以及路边加油站的门前已经显现出一派盛夏的景色，加油站前一台台崭新的红色油泵立在一圈圈的灯影里。回到西半岛的住处后，我将车停在车棚里，在院子里一台废弃了的割草机上休息了一会。风儿已悄然逝去，夜色喧闹而澄明，鸟儿在树上拍打着翅膀，青蛙仿佛感受到大地风箱的鼓动，亦卖力地聒噪起来，好像那连绵不断的风琴声。月光下，有只猫的身影在缓慢地移动。我回过头去看它时，发现此时此地并非只有我一个人——五十英尺之外，从我邻居府邸的阴影里浮现出一个人。他站在那里，双手插在口袋里，仰望着繁星闪烁的夜空。那悠闲的举止和双脚稳踏在草坪上的姿势表明他就是盖茨比先生。他此时的忽然出现，似乎是要确定一件事情，即我们头顶的天空哪一片是属于他的。

我决定对他打声招呼。刚才吃晚饭时，贝达克小姐提到过他，也算间接介绍我俩认识了。但我终究没有招呼他，因为此时他突然做了个动作，使我断定此刻不愿有人打扰他。他以一种奇特的方式朝着黑茫一片的大海伸出双臂。虽然我离他尚有一段距离，我敢发誓他的身体正在发抖。我不由得朝海面上望去，结果除了一盏孤零零的绿灯外，什么也没看见。灯光微弱而且遥远，或许那就是一座码头的尽头。等我收回目光再去看盖茨比时，他已经踪影全无，只剩下我一个人孤单地留在这不平静的夜色中。

# 第二章

　　那只小狗趴在桌子上，两只眼睛在烟雾中茫然无措地四下张望着，不时地轻轻哼上一声。客厅里的人们若隐若现，商量着到何处去，然后又不见对方的踪影，寻来找去，发现彼此间只不过近在咫尺罢了。

　　在西半岛和纽约之间居中的位置，公路与铁路不期而遇，然后两条干线并行了约四分之一英里的路程，以绕开一片荒芜的土地。那是一个灰烬的山谷，一个神秘的农场。在此处，灰烬像麦子一样疯长，长成山脊、山丘和各种奇形怪状的园子；而房子和冒着黑烟的烟囱也似乎是由灰烬堆就的；最后，经过奇特的造化作用，又堆成了一群土灰色的人。他们似乎隐隐约约地走动着，与尘土飞扬的空气融为一体。时不时可见一长溜灰色的货车沿着一条看不见的轨道蠕动着，突然嘎吱一声如鬼叫般停了下来。立刻，一群土灰色的人们就拖着沉重的铁锹蜂拥而上，扬起一片遮天的尘土，使你看不清楚他们究竟干的是什么活。

但是，在这片灰蒙蒙的土地以及笼罩在它上空的一阵阵黯淡的尘埃中，过不了一会儿，你就会瞥见 T. J. 埃克尔堡大夫的一双眼睛。眼睛是蓝色的，而且硕大无朋，仅视网膜就有三英尺高。这双眼睛并没长在什么人的脸上，而是透过一副巨大的黄色眼镜朝外瞧，眼镜架在一个莫须有的鼻梁上。显然，这是某个突发奇想的眼科大夫将它们竖在那里的，其目的是想为他自己在皇后区的眼科诊所招徕生意。到后来他自己或者永闭双目，或者抛弃它们另觅他处了。但是，他留下来的这双眼睛，虽然经历了长年累月的雨淋日晒，油漆剥落，光彩大不如前，不过仍然若有所思地、忧郁地注视着这片肮脏的垃圾场。

在这个灰土谷的边上有一条浑浊的小河。每逢河上的吊桥升起，让驳船通过的时候，等着过桥火车上的乘客就盯着这片荒芜的景象，看上半个小时。平时火车开到此处，至少要停上一分钟。正是由于这个缘故，我才第一次看到汤姆·布坎南的情妇。

他有一个情妇，这是所有认识他的人都心知肚明的事实。他的熟人对他极为反感，因为他常常带着她去那些热闹的小酒馆，待她在桌边坐下身来，他就在酒馆里四处闲逛，与他熟识的人们聊天。虽然我对她颇为好奇，想一睹她的芳容，但并不想和她见面——可我还是与她不期而遇了。一天下午，我和汤姆一起乘火车去纽约。路上火车停在了灰堆旁，汤姆立即跳了起来，他拽住我的胳膊，强行将我拉下了火车。

"我们就在这里下车，"他坚持道，"我要你去见见我的女朋友。"

我想他可能是午餐时酒喝多了，所以才涉嫌暴力地坚定要求我陪他去见他的女朋友。他想当然地认为星期天下午我没有什么重要的事情可做。

我跟着他越过一道矮矮的漆成白色的铁路栅栏，在埃克尔堡大夫目不转睛的凝视下，我们沿着马路往回走了约一百码。目力所及的唯一建筑物，是一排坐落在荒原边缘上的黄砖小楼，构成为整个荒原服务的一条小型商业"主街"，周边再空无一物。这里共有三家铺面：一家正在招租；另一家是通宵服务餐馆，门前有一条煤渣铺就的小路；第三家是汽车修理行，招牌上写着：汽车修理——乔治·B. 威尔逊——买卖汽车。我跟着汤姆走进了车行。

车行里生意不甚景气，显得空荡荡的，唯一看见的一辆车，是一部落满灰尘、破旧不堪的福特车，孤零零地停在阴暗的角落里。我突发奇想，这家有名无实的车行一定只是个幌子，楼上的房间一定装饰得豪华而富有浪漫情调。就在这时，车行老板出现在了一间办公室门口，用一块抹布不停地擦拭着双手。他一头金发，精神不振，脸色蜡白，但模样还算英俊。一见到我们，他那双淡蓝色的眼睛就闪现出一丝希冀的光芒。

"你好，威尔逊，老伙计，"汤姆一边打着招呼，一边笑嘻嘻地拍打着他的肩膀，"生意还好吧?"

"还凑合，"威尔逊回答道，但语气显然不能使人信服，"你什么时候能把那部车卖给我？"

"下周吧，我现在正让人给修着呢。"

"他干得可真是慢，是吧？"

"不，不慢，"汤姆冷冷地答道，"如果你嫌太慢的话，也许我还是将它卖到别家车行去比较好。"

"我不是这个意思，"威尔逊急忙辩解道，"我只是说……"

他将话咽了回去。汤姆此时显得不耐烦，眼睛朝车行里四下张望。这时，我听到楼梯上传来一阵脚步声，不一会，一个身材略显粗壮的女人站在了办公室门口，将光线挡了个严严实实。她年龄估摸有三十五六岁，略显发福，较为性感，有的胖女人就有这种本事。她穿了一件起斑点的深蓝色双绉连衣裙，脸蛋谈不上有多漂亮，但一眼就能看出她有一股生命活力，好像她全身的神经都处于激发状态似的。她从容地微笑着，旁若无人地从她丈夫的身边走过，仿佛他只是一个幽灵。她过来和汤姆握手，含情脉脉地凝视着他。接着，她舔了舔双唇，头也不回，用一种低哑的嗓音对她丈夫说："快搬几把椅子过来，你怎么不让人家坐下。"

"哦，这就去搬。"威尔逊慌忙应和着，朝小办公室奔去，瞬间他的身影就与墙壁的水泥色混为一体了。灰白色的尘土落满了他的深色外套和淡黄色的头发，犹如他身旁的一切事物——他的妻子除外，她贴近了汤姆身边。

"我想和你在一起，"汤姆急切地说，"我们乘下班火车走。"

"好吧。"

"我在车站底层的报摊旁边等你。"

　　她点了点头，及时从他身边走开，威尔逊刚好从办公室里搬了两张椅子出来。

　　我们在公路上没人瞧得见的地方等她。再过几天就是 7 月 4 日①了，有一个灰头土脸、骨瘦如柴的意大利小孩正在沿着铁轨，点放一排"鱼雷"鞭炮。

　　"这地方真恐怖，是不是？"汤姆问道，同时冲着埃克尔堡大夫皱了皱眉头。

　　"太可怕了。"

　　"对她来说，还是离开这个鬼地方比较好。"

　　"她丈夫不反对吗？"

　　"威尔逊？他以为她是去纽约看她妹妹呢。他笨得要死，连自己是死是活都分不清楚。"

　　就这样，汤姆·布坎南和他的情人，还有本人一起乘上了去纽约的火车——其实不是严格意义上的一起，因为威尔逊太太很谨慎小心地坐到另外一节车厢里了。在这一点上，汤姆做出了妥协，因为他怕碰到其他东半岛的人也乘坐这趟火车。

　　威尔逊太太已经换上了一身棕褐色带花纹的麦斯林纱连衣裙。车到了纽约，汤姆扶她下车时，她那硕大的臀部将裙子绷得紧紧的。在报摊上，她买了一份《城市闲话》和一本电影杂志，又在车站的杂货店里买了一瓶冷霜和一小瓶香水。来到车站的上层，在那阴暗的、车声隆隆的车道旁，她放过了四辆出租车后，才选择了一辆紫色的、配有灰色座套的新车。我们坐

---

　　①　7 月 4 日为美国国庆日——译者注。

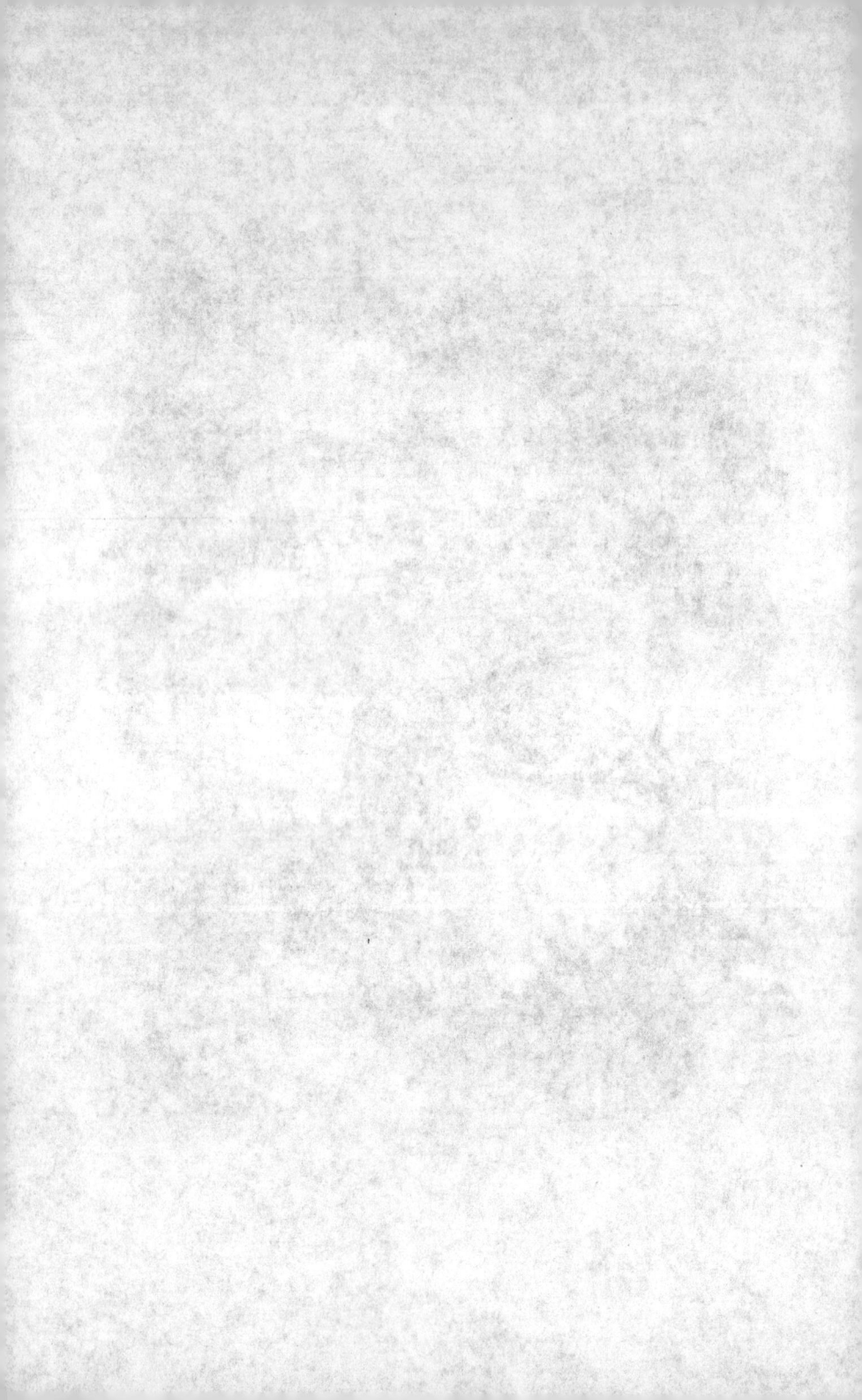

着这辆车，离开庞大的车站，驶进明媚的阳光里。可是，她猛地从车窗边扭过头来，身子向前一倾，敲了敲前面的车窗。

"我想买一只那样的小狗。"她急切地说，"我想买一只养在公寓里，养只狗——那挺有意思的。"

出租车开始往后倒，停在了一位满头银发的老头面前，有趣的是，这老头长得有点像约翰·D.洛克菲勒。他脖子上挂着一个篮子，里面蜷缩着十一二只刚出生的小狗，看不出是什么品种。

"这些狗是什么品种？"老头刚走近汽车窗前，威尔逊太太就急切地问道。

"品种齐全。太太，您想要哪一种？"

"我想要只警犬。我想你没有警犬吧？"

老头疑惑地看了看篮子里的小狗，然后伸手进去，抓着一只小狗的颈背拎了出来，小狗直扭动着身子。

"这不是警犬。"汤姆说。

"对，这不是正宗的警犬，"老头说道，声音里透露出些许失望。"它看上去更像一只艾尔谷狼狗①。"他用手抚摸着狗背上像棕色浴巾似的厚实皮毛。"瞧瞧这身毛，真是一身好毛皮！你可以放心，这狗绝对不会感冒的。"

"这狗真招人喜欢，"威尔逊太太兴高采烈地问道，"多少钱？"

"这条狗吗？"老头爱怜地望着它，"你就给10美元吧。"

---

① 一种有黑斑的棕色粗毛猎犬——译者注。

就这样，这只艾尔谷狼狗——毫无疑问，它的身上有某种像艾尔谷狼狗的地方，虽然它的爪子是出奇的白——换了主人，安然地躺在了威尔逊太太的怀中。她高兴地抚摸着小狗那一身不怕风吹雨打的皮毛。

"这只狗是雄的还是雌的？"她装腔作势地问道。

"那只狗吗？是雄的。"

"是只母狗，"汤姆肯定地说道，"给你钱，用这些钱你可以再去买上 10 只狗。"

我们坐着出租车来到了第五大道。在这个夏日的星期天午后，天气温暖和煦，恰似一派田园风光。这时即使从街角处突然冒出一大群雪白的绵羊，我也不会感到惊讶。

"停车，"我喊道，"我要在这儿与你们告别了。"

"不行，你不许走，"汤姆急忙阻止道，"如果你不跟我们一道去公寓，梅特尔会不高兴的，是吧，梅特尔？"

"一起去吧，"她劝道，"我会打电话让我妹妹凯瑟琳过来的，许多有眼光的人都称赞她是个大美人呢。"

"嗯，我倒是很想去，只不过……"

出租车继续前行，又掉头穿过中央公园，径直朝西城一百多号街的方向驶去。在 158 号街上，出租车在一长排好似雪白的蛋糕的公寓中的一栋门前停住了。威尔逊太太环顾了一下四周，摆出一副皇后返回宫殿般的气派，抱起小狗和路上买的其他物品，旁若无人地走了进去。

在我们乘电梯上楼时，她向我们宣布道："我马上去请麦基夫妇上来。另外，当然，我也会给我妹妹打个电话。"

他们那套房子位于公寓楼的顶层——一间小客厅、一间小餐厅、一间小卧室和一个卫生间。一套很大的带织锦装饰的家具，将不大的客厅挤得满满当当的，显得空间分外逼仄，以至于人在室内走动时，不时要近距离地欣赏凡尔赛宫仕女荡秋千的组画。① 而墙上唯一的装饰品是一幅放得过大的照片，粗打眼一瞧，好似一只母鸡蹲在一块轮廓不清的岩石上；退后两步仔细观察，老母鸡却变成了一张戴着女式帽子胖老太太的脸，正笑容满面地俯视着客厅。桌子上摆放着几本过期的《城市闲话》，还有一本《冒充彼得的西蒙》的流行小说以及几本专门报道百老汇丑闻的八卦杂志。威尔逊太太首先招呼的是那只小狗。她吩咐一个极不情愿的电梯工找来了一只铺满稻草的纸箱子和一些牛奶，她还自作主张地弄来了一大听坚硬无比的狗食饼干——取出一块放在一碟牛奶里，泡了一整下午，外观竟毫无变化。这时，汤姆打开一个上锁的酒柜，取出了一瓶威士忌。

我这一辈子就醉过两次，第二次就发生在那个下午。那天下午所发生的一切在我脑海里都是模糊不清的，仿佛在云里雾里一般，尽管当天傍晚8点过后，客厅里还充盈着明亮的阳光。威尔逊太太坐在汤姆的大腿上，给好几个人打了电话。后来香烟抽没了，我便去街角的杂货店买了几包烟。我返回公寓后，却不见他俩的踪影，于是我便知趣地独自待在客厅里，读了一章《冒充彼得的西蒙》。也许是小说的内容太平淡无奇，也许是威士忌喝得太多，反正我头晕脑涨，头脑中没留下任何印象。

---

① 指家具上的织锦罩面图案——译者注。

汤姆和梅特尔（第一杯威士忌下肚后，我和威尔逊太太就开始相互直呼其名了）重新露面以后，客人们就开始陆续上门了。

威尔逊太太的妹妹，凯瑟琳，是个年纪约 30 岁左右、身材苗条但举止俗气的女人，顶着一头又硬又密的红色头发，脸蛋上的粉抹得像牛奶一样白。她的眉毛是拔过后又重新描饰的，勾勒出一个颇为俏皮的眉梢，可是自然却想回归其本性，结果使她的脸部轮廓显得有些扭曲。她一走动，双臂上戴着的许多陶质手镯跟着忽上忽下，叮当作响。她熟门熟路地径直走了进来，像主人一般环顾了一番室内的家具陈设，如同进了自己的家门一般。我不禁怀疑她平常是否也住在这里，但是等我问她时，她放声大笑，大声重复了我的问题，然后告诉我她和一位女伴住在一家旅馆里。

麦基先生住在楼下，是一位肤色白净、说话带点娘娘腔的男人。他显然刚刚刮过胡须，因为他脸颊上还残留着一点白色的肥皂沫。他彬彬有礼地同房内的每一个人打着招呼。他告诉我他是"艺术圈内人"，后来我才弄清楚他的职业是摄影师，挂在墙上的那幅威尔逊太太母亲犹如生物附体的放大照片，就是他的"杰作"。她妻子嗓音尖细、无精打采，虽然面容俏丽，但却不招人喜爱。她颇为自豪地告诉我，自他们结婚以来，她的丈夫已经为她拍过 127 次照片了。

威尔逊太太不知何时换了一身行头，现在穿的是一件做工考究的午装：一件浅黄色的雪纺绸连衣裙。她在房里来回走动时，衣裙不停地沙沙作响。穿上这身高档时装后，她的神情举止就好像变了一个人：在车行里她那种使人印象深刻的活力，此刻却变成了目空一切的傲慢。她的笑声、举止、言谈都变得越来越做作，随着她自我的不断膨胀，周围的空间就显得越来越狭窄，最后，在这烟雾缭绕的客厅里，在这人声嘈杂的环境中，她似乎成为了人们关注的焦点。

"亲爱的，"她放大嗓门、装腔作势地对她妹妹说道，"这年头的人大都是骗子，满脑子里想的只有钱。上星期我找了个女人给我瞧了瞧脚气，瞧她给我开的账单，你会以为她是给我割了阑尾呢。"

"那个女人叫什么名字？"麦基太太问道。

"埃伯哈特太太。她专门到人家中给人看脚病。"

"我喜欢你穿的这身衣服，"麦基太太说，"挺漂亮的。"

威尔逊太太眉毛向上一挑，非常不屑地拒绝了她的恭维。

"这件衣服又破又旧，"她说，"当我不在乎自己的形象时，就会随便穿穿它。"

"但是穿在你的身上就显得非常漂亮，你明白我话的意思吗？"麦基太太接着说道，"要是切斯特能把你现在的身姿抓拍下来，我想那一定会是一幅杰作。"

大家都默不作声地看着威尔逊太太，她将一缕头发从眼前撩开，笑容满面地回头望着我们。麦基先生侧着头，全神贯注地打量着她，又将一只手在自己的眼前来回比划着。

"我得改变一下光线，"过了一会儿，他说道，"我想把她的脸拍得有立体感，还要表现出她脑后的秀发。"

"我认为没有必要改变光线，"麦基太太大声叫道，"我觉得只要……"

她丈夫"嘘"了一声，大伙的注意力又转向了拍照的对象。就在这时，汤姆·布坎南大声打了一个呵欠，站起身来。

"麦基太太和麦基先生，你们喝点什么吧。"他说道，"再来点冰块和矿泉水吧，梅特尔，不然大家都快要睡着了。"

"我早就吩咐过那小子送些冰块来了，"梅特尔眉梢向上一扬，对下人的偷懒表示无奈，"这些人哪，非得有人整天盯住他们不可。"

她瞟了我一眼，忽然没来由地笑了笑。接着，又以跳跃似的步伐奔到那只小狗面前，抱起它一阵狂吻，然后端起架势走进厨房，仿佛那儿正有十几个大厨正恭候她的指示似的。

"近来我在长岛那边拍了一些不错的照片。"麦基先生颇为自负地对汤姆夸耀道。

汤姆不明就里地看了他一眼。

"有两张已经装框了，就放在楼下。"

"两幅什么照片？"汤姆追问道。

"两幅摄影习作。其中一幅我将它命名为《蒙塔海角——海鸥》；另一幅名为《蒙塔海角——大海》。"

威尔逊太太的妹妹，凯瑟琳，紧挨着我坐到了长沙发上。

"你也住在长岛那边吗？"她好奇地问道。

"我住在西半岛。"

"真的吗？大约一个月前，我到那里参加过一次聚会，是在一个叫盖茨比男人的家里。你认识他吗？"

"我是他的邻居。"

"哦，人家都说他是德国威廉皇帝的侄儿或是表弟什么的，他的那些钱都是从那儿搞来的。"

"真的吗？"

凯瑟琳点了点头。

"我有点怕他，不想跟他扯上什么关系。"

关于我邻居这场有趣的闲谈，被麦基太太给强行打断了。她忽然用手指着凯瑟琳说道："切斯特，我想你可以给她拍几张好的照片。"但麦基先生只是敷衍地点了一下头，又将他的注意力转向了汤姆。

"我很想在长岛上开展业务，要是我有机会上岛的话。我只是希望有人在开始时助我一臂之力。"

"这事你问梅特尔好了，"汤姆哈哈大笑道，这时威尔逊太太正好端着托盘走进客厅。"她可以帮你写封介绍信。不是吗，梅特尔？"

"写什么？"威尔逊太太问道，一脸诧异的表情。

"你给麦基先生写封介绍信去见你丈夫，这样他就可以给你丈夫拍些写真照片。"他的嘴唇无声地抖动了一小会儿，随后信口胡诌道，"'乔治·威尔逊站在加油泵前'，或者诸如此类的玩意儿。"

凯瑟琳凑近我，在我身边低语道："他们俩谁都无法忍受自己家中的另一位。"

"是吗？"

"无法忍受。"她看看梅特尔，又瞧瞧汤姆，"我话的意思是，既然没法忍受，为什么还要继续生活在一起呢？如果我是他俩，我就立即和家中的那一位离婚，然后两人立即结婚。”

“她也不喜欢威尔逊吗？”

回答这个问题的人出乎我的意料。梅特尔碰巧听到了这个问题，态度近乎粗暴、满嘴脏话地给了我答案。

“你瞧瞧，”凯瑟琳得意地说道。她又一次压低了嗓门，“他们之所以不能结婚完全是因为他老婆的缘故。她是天主教徒，而天主教是不允许离婚的。”

黛西并不是天主教徒，我对这个精心编造的谎言感到震惊。

“要是哪一天他们结婚了，”他们会去西部住上一段时间，直到这场风波平息下去。”

“到欧洲去会更稳妥一些。”

“噢，你喜欢去欧洲吗？”她惊呼起来，“我刚从蒙特卡洛①回来。”

“是吗？”

“就在去年。我和另外一个女孩一起去的。”

“待了很久吗？”

“没多久，我们到蒙特卡洛转了一下就回来了。我们是途经马赛到达那儿的。出发时，我们带了 1200 美元，在赌场的小包间里待了两天，钱就全被骗没了。跟你这么说吧，我们回家时的狼狈相就不用提了。天哪，我恨死那座城市了。”

窗外，傍晚的天空在夕阳的映射下显得分外壮观，犹如地中海碧蓝澄静的海水。这时，麦基太太那尖锐刺耳的大嗓门，

---

① 摩纳哥公国城市，濒地中海，世界著名赌城——译者注。

又将我的思绪带回到这间客厅里。

"我以前也差点犯了一个大错，"她精力充沛地大声宣布道，"我差点就嫁给了一个追了我多年的年轻犹太佬。我心里知道他配不上我，每个人都不断地提醒我说：'露西尔，那个人比你可差远了！'不过，要不是后来我碰到了切斯特，他肯定就将我追到手了。"

"不错，可是听我说两句，"梅特尔·威尔逊说道，同时不停地摇晃着脑袋，"可是，你后来并没有嫁给他。"

"我明白我不该嫁给他。"

"唉，可是我却嫁给了他，"梅特尔含混不清地说道，"这就是我和你情形有所不同的地方。"

"可是为什么你要嫁给他呢，梅特尔?"凯瑟琳追问道，"又没有什么人强迫你。"

梅特尔考虑了一小会儿。

"我之所以嫁给他，是因为我原以为他是一个绅士，"她最终说道，"我原以为他有些教养，谁料想他连舔我的鞋子都不配。"

"有那么一阵子，你可是爱他爱得要发疯。"凯瑟琳说。

"爱他爱得要发疯!"梅特尔狂喊起来，"谁说我爱他爱得发疯了? 我对他的爱从来都没有比对这个男人的爱多一点。"

她突然将手指向我。于是，客厅里的所有人都用责备的目光盯住我，而我竭力用表情告诉他们，我不期望有谁会爱上我。

"我这一生唯一所做的疯狂事情就是嫁给他。我当时就明白我犯了一个大错。结婚时他穿的最好的一套西服，是借的别人的，但从来没有告诉过我。后来有一天他外出未在家，那人来讨要衣服。'哦，这套西服是您的吗?'我问道，'这种事我还是头一回听说。'但是我还是把衣服还给了那个人，然后我躺在床上痛哭了一下午。"

"她确实应该离开他，"凯瑟琳接着对我说，"他们在那个车行阁楼上住了11年了，汤姆是她的第一个情人。"

大家都不停地喝着那瓶威士忌——已经是第二瓶了——凯瑟琳除外，她"什么也不喝也感觉挺快乐"。汤姆按铃将看门人叫了上来，让他去买一种有名的三明治，当做大家的晚餐。我一心想出去散散步，在暮色苍茫中去领略东边公园的景色。但每当我起身欲离开时，总会身不由己地卷进一场激烈刺耳的争论当中，像无形中有一根绳子将我拉回到座椅上。在这座城市的上空，高楼大厦中那一排排亮着灯光的窗户——汤姆家只不过是其中的一分子——一定会给那些在黑暗的街道上偶尔抬头张望的行人，透露一点人生的秘密吧。我亦是这样的一个行人，一面抬头仰望，一面低头思考。我既身在其中又身在其外，对变化莫测、光怪陆离的人生，既感到陶醉又感到厌恶。

梅特尔把她的椅子拉到我跟前，突然向我讲起了她第一次碰到汤姆时的情形，我甚至能感受到她呼出的灼人气息。

"故事发生在火车上经常剩下的两个位置不佳、但却面对面的座位上。那天我去纽约看望我妹妹，并准备在那儿过一夜。他当时穿着一身礼服，一双黑漆皮鞋。我一看到他，眼睛就离不开他了。但是每次他一看我，我又不得不赶紧装着看他头顶上的广告。我们下车时，他就紧贴在我身边，他那雪白的衬衫前胸紧贴住我的臂膀，于是我吓唬他说要喊警察了。不过，他看出来我是在撒谎。我神魂颠倒地跟着他上了一辆出租车，还以为是上了辆地铁呢。那会儿，我满脑子想的都是：'机不可失，机不可失。'"

她转向麦基太太，她那矫揉造作的笑声充盈了整个客厅。

"亲爱的，"她大声喊道，"这套衣服我换下来就送给你，明天我再去买一件新的。我得把所有要办的事情列个清单：按摩，烫发，给小狗配个项圈，还要买一个可爱的小烟灰缸，一按弹簧就可以掐灭烟头的那一种，再给我母亲的墓碑买一个系黑丝结的花环，可以摆上一个夏天的那一种。我要把这些事情都记下来，免得忘记了。"

已经 9 点钟了，一会儿工夫我再看表时，已经是 10 点了。麦基先生已经倒在座椅上睡着了，拳头攥得紧紧的放在双膝上，俨然呈现出一副敏于行者的化身。我掏出手帕，帮他擦掉残留在他脸颊上、已经干涸了的肥皂沫，它已让我闹心了一下午。

那只小狗趴在桌子上，两只眼睛在烟雾中茫然无措地四下张望着，不时地轻轻哼上一声。客厅里的人们若隐若现，商量着到何处去，然后又不见对方的踪影，寻来找去，发现彼此间只不过近在咫尺罢了。熬到半夜时分，汤姆·布坎南和威尔逊太太面对面而立，激烈地争论着威尔逊太太是否有权利提及黛西的名字。

"黛西！黛西！黛西！"威尔逊太太歇斯底里地大声喊叫着，"我想什么时候叫就什么时候叫！黛西！黛……"

汤姆·布坎南以迅雷不及掩耳之势一巴掌打破了她的鼻子。

接下来，浴室的地板上扔满了带血的毛巾，房间里充斥着女人的责骂声，其间掺杂着一阵阵长时间的、时断时续的痛苦哀嚎声。麦基先生的瞌睡被打断了，他起身恍恍惚惚向门口走去，半路上又折了回来，呆愣愣地望着眼前发生的一切——他妻子和凯瑟琳一边责怪着汤姆·布坎南，一面安慰着威尔逊太太，同时手里拿着急救药品，在拥挤的家具中间跌跌撞撞地来回奔忙着。还有那个躺在沙发上、濒入绝望边缘的可怜人物，她虽然血流不止，仍然不忘把一份《城市闲话》杂志盖在织有凡尔赛宫图案的织锦毯上。麦基先生随后车转身子，走出了门。我从衣帽架上取下帽子，也跟着走了出去。

"哪天过来我们一起吃顿午餐吧。"当我们乘着嘎吱作响的电梯下楼时，他提议道。

"到什么地方呢？"

"随便哪儿都行。"

"别用手碰电梯按钮。"身旁的电梯工冷不丁地冒出一句。

"对不起，"麦基先生不失尊严地说，"我不是有意的。"

"好的，"我回应道，"乐于从命。"

……我站在麦基先生的床边，而他身穿内衣裤，双手抱着一本大相册，坐在床上就进入了催眠状态。

"《美女与野兽》……《孤寂难耐》……《杂货店老马》……《布鲁克林大桥》……"

在那之后，我躺在宾夕法尼亚火车站阴冷的下层候车室里，在半睡眠的状态下读着清晨刚出的《论坛报》，等着4点钟的那班火车。

# 第三章

每个人都以为他自己至少具备一种基本的美德，而我的美德便是：诚实。我是我所认识的罕见的诚实人当中的一个。

整个夏天，每晚都有音乐声从我邻居家飞飘过来，在他那蓝色色调的花园里，俊男靓女们如飞蛾一般，在欢声笑语、香槟美酒和浩瀚星空的氛围中穿梭往返。某天下午涨潮时，我看到他的客人们从搭在救生筏上的高台上跳水，或者是在他那晒得发烫的私人沙滩上悠闲地晒着日光浴，同时他的两艘汽艇拖着滑水板，犁破海湾平静的水面，激起浪花奋勇前行。每到周末，他的劳斯莱斯豪华轿车就变成了小型公共汽车，从早晨9点直到深更半夜往来穿梭，接送一批批从城里拥来的宾客。而他的那辆旅行车像一只轻盈的黄色甲壳虫一样蹦跳着去火车站迎接所有的车次。而到了周一，八个仆人，外加一个临时园丁，用拖把、板刷、钉锤和修枝剪刀辛苦地干上一整天活，收拾打扫前一晚上聚会狂欢留下来的一片狼藉。

每周五，就会有五柳条箱的橙子和柠檬从纽约的水果店运到别墅。到了周一，这些被榨过汁的橙子皮和柠檬皮就犹如小山般堆在他家的后门口。他家的厨房里有一台榨汁机，半小时之内就可以榨出两百只橙子的汁，而要做到这一点，男管家只要用大拇指将一个按钮按两百次就可以了。

至少每两周一次，一帮专门承办宴会的人会从城里赶来，随身携带着几百英尺长的篷布和足够数量的彩灯，把盖茨比先生的巨大花园装扮得如同圣诞树一般绚烂多姿。自助餐桌上，摆满了各式各样的冷盘：切片的五香火腿，四周装饰了五颜六色的什锦色拉，还有烤得表面金黄的乳猪和火鸡。在主厅里，设了一个用纯铜杆制成的酒吧，备有各种杜松子酒和烈性酒，以及各种早已罕见的加香甜酒。女宾客大多数为妙龄女郎，根本辨不清这些酒类的名称。

傍晚7点，乐队已经到达，这可不是什么小型简易乐队班子，而是一支拥有双簧管、长号、萨克斯管、大小提琴、短号、短笛以及高低音铜鼓的大型乐队。最后一批游泳的客人已经从海滩上返回，正在楼上更衣；从纽约开来的汽车五辆一排，停在车道的尽头处。所有的大厅、客房和游廊都已经装饰得五彩缤纷，女来宾的发型花样尽出、争奇斗妍，她们身上披肩的华丽程度就连卡斯蒂利亚①人也望尘莫及。酒吧里人声鼎沸，一巡紧接一巡的鸡尾酒使户外的花园亦弥漫着酒气，整个空间充盈着欢声笑语，充满了脱口而出、转身便忘的戏谑和寒暄，充斥着素昧平生的女人之间热情无比的交谈。

夏日的阳光从大地上逐渐隐去，灯光显得愈加明亮。此时，乐队演奏起欢快的鸡尾酒乐曲，来宾的声浪犹如演唱歌剧般也提高了一个音阶。嬉笑声愈来愈没有节制，一句奇言妙语就会引来哄堂大笑。人群的聚散速度亦越来越迅速，时而随着新加入的客人而扩大，时而分散后又重新聚集过来。人群中出现了随意游荡者，一些颇为自负的女孩开始在比较固定的人群中来回穿梭，一会儿在欢乐的短暂瞬间成为一群人的宠儿，一会儿又洋洋自得地悄然离去，在不断变幻的灯光下，在变幻不定的面孔、言语和色彩中自由往来。

就在此时，这些貌似吉卜赛女郎中的一位，浑身珠光宝气，随手拿起一杯鸡尾酒一饮而尽，壮了壮胆子，像弗里斯克②再现般挥动着双手，独自一人跳到篷布搭起的舞台上手舞足蹈起来。短暂的沉寂之后，乐队指挥殷勤地为她变换了乐曲的节奏，接着人群中爆发出一阵唧唧喳喳的议论声，因为有人谣传她就是时事讽刺剧中吉尔达·格瑞③的替身。晚会就这样正式开始了。

第一次登门拜访盖茨比的那天晚上，我确信自己是少数几

---

① 西班牙中部和北部一地区，当地以生产头巾而闻名于世——译者注。

② 著名舞蹈家、喜剧演员——译者注。

③ 当年著名的纽约舞星——译者注。

个得到正式邀请的客人之一。大多数人并没有接到邀请——他们是不请自至的。他们坐上汽车，车子把他们送到长岛，不明就里地来到了盖茨比家的大门口。及至到了那儿，只要有一个认识盖茨比的人作一番如此这般的介绍，他们就得其门而入。进门后，他们的言谈举止就如在娱乐场所般毫无二致了。有的人从到达到离开，压根儿连盖茨比的面都未碰着，他们是真心诚意来参加聚会的，而这份诚意就是他们的入场券了。

我实实在在受到了邀请。那个星期六的清晨，一个身穿蓝色制服的私人司机穿过我家的草坪，为他的主人送来了一份措辞无比正式的请柬，上面写着：如蒙不弃，欢迎莅临寒舍今晚举行的"小型聚会"，盖茨比将感到荣幸之至。上面还说，他数次与我晤面，意欲登门拜访，却因事端频出，未能如愿，深表遗憾云云。签名为杰伊·盖茨比，笔迹庄重逼人。

晚上7点刚过，我就穿上一身白色法兰绒便装，径直穿过他家的草坪去参加聚会。我局促不安地在素不相识的人群中转来转去——尽管偶尔也会碰到在上下班火车上见过的面孔。让我吃惊不小的是在这种场合居然有不少年轻的英国人，他们衣着体面，却面有饥色，正热情地与那些壮实而富有的美国人低声交谈。我能确定他们是在推销某种物品，债券、保险或是汽车之类的。他们个个都露出急切的神情，因为他们知道身边有钱可赚，机不可失。他们深信只要自己话说得到位，大把的美元就到手了。

我一到盖茨比家就想与主人见上一面，但接连问了两三个人，他们都用极为诧异的神情望着我，并且异口同声地断言他

们也不清楚主人身在何处。于是，我只好溜边朝摆放鸡尾酒的桌子走去——整个花园也只有这个地方，可以让一个单身汉待上一会儿而不会显得无所适从和形单影只。

为了摆脱尴尬的处境，我准备喝个一醉方休。就在此时，乔丹·贝克从房内走了出来，站在大理石台阶的最上一层，身体稍向后倾，神情略带傲慢地俯视着整个花园。

不管她喜欢与否，我觉得必须给自己找个伴，否则，我将不得不又和陌生人搭讪了。

"你好！"我一边大声地打着招呼，一边朝她走去，声音大得似乎与周边的环境不相适宜。

"我想你大概会在这儿的，"等我走上前去，她心不在焉地对我说，"我记得你提过你就住在他家隔壁……"

她略显生分地同我握了一下手，表示认同了我的存在，同时将注意力转向了两个穿着相同黄色衣裙的姑娘，她俩刚止步于台阶下面。

"你好！"她俩异口同声地同她打着招呼，"可惜你输了。"

她俩指的是高尔夫锦标赛，乔丹在上星期举行的决赛中铩羽而归。

"你不认识我们，"其中一个姑娘说道，"但是我们大约一个月前在这里见过你。"

"那你们是染过头发了。"乔丹恍然大悟道。我心中一愣，而这两个姑娘已悄然离去，她的这句话好像是对满地的月光说的，而这不期而至的月光，亦仿佛同晚餐一样，是宴会承办商从食品篮中端出来的。挽着乔丹细长圆润的手臂，我们一起步下台阶，在花园里漫步。暮色中一个侍者手托一盘鸡尾酒悄没声息地从我们面前经过。我们在一张桌旁坐了下来，同桌的还有三个男性和那两位穿黄色衣裙的姑娘。三个男人作自我介绍时都含含混混的，听不清他们的确切姓名。

"你们常来这里参加聚会吗?"乔丹问她身旁的那位姑娘。

"上次来这里就是见到你的那一次，"姑娘机警而又不失自信地答道。随即，她又转向她的同伴问道："你不也是一样吗，露西尔?"

露西尔亦是如此。

"我喜欢来这里，"露西尔说道，"我从来不在意玩什么，只要尽兴就行。上次来这儿玩的时候，我的裙子在椅子上撕开了一道口子，他询问了我的名字和地址……不到一个星期，我收到了从克罗里尔邮递公司寄来的一个包裹，里面是一件崭新的晚礼服。"

"你收下了吗?"乔丹问道。

"当然收下了。我本来打算今晚穿上它来的，但是胸口处太大，得收紧一点。衣服是淡蓝色的，上面镶着浅紫色的珠子，值二百五十六美元呢。"

"会这么来事的男人真是有点意思，"另外那个姑娘急切地插嘴道，"显然他不想得罪任何人。"

"谁不想得罪任何人?"我问道。

"盖茨比呗。有人告诉我……"

那两个姑娘和乔丹的头神秘地凑到了一起。

"有人告诉我他杀过一个男人。"

我们几个人都打了个寒战。那三位不知姓甚名谁的男士也将身子凑上前来，急切地想听个明白。

"我想事情不至于如此夸张吧，"露西尔不以为然地为盖茨比辩护道，"多半是他在战争时期做过德国间谍。"

其中一位男士点头表示赞同。

"我也听人如此说过，那人是和他一起在德国长大的，对他知根知底。"他非常肯定地对我们说道。

"哦，不对，"第一个姑娘又说，"事实不是这样的，因为大战期间他正在美国军队中服役。"看到我们又开始相信她的话了，她急切地将身子倾了过来。"在他以为没有人注意他的时候，你们瞅他一眼，我敢打赌他以前杀过人。"

她将眼睛眯成一条缝，身子不由地哆嗦起来，露西尔也浑身发抖。我们都转过身去，四处张望着寻找盖茨比。某些人认为在这个世界上没有什么不可以公开谈论的事情，可是这些人却也在窃窃私语地谈论着盖茨比，这就足以证明他的经历可以激起人们多少离奇的遐想了。

此时，第一顿晚餐——午夜过后还有一顿——开始了。乔丹邀请我与她的同伴坐在一处，他们都围坐在花园另一侧的一张桌子旁。共有三对夫妇，以及乔丹的"护花使者"——一个稍嫌固执的大学生，此人谈吐喜爱旁敲侧击，含沙射影，明显表露出乔丹早晚都会明推暗就地委身于他的自负神情。这一桌人席间绝不胡言乱语，个个坐姿端庄，俨然以举止庄重高贵的乡绅典型自居——东半岛屈尊光临西半岛，却又处处小心地防备着它花天酒地氛围的侵蚀。

"我们走吧，"在白白地浪费了半个小时的光阴后，乔丹低声道，"这儿规矩太多了，我无法适应。"

我们站起身来，她向同桌的其他人解释说我们要去找主人。"我还没有见过主人呢，"她说道，"这使我感到不太礼貌。"那位大学生点了点头，显出一副玩世不恭而又略带忧悒的表情。

我们先到了酒吧，在熙攘的人群中不见他的踪影。她从台阶上朝下瞧，找不到他，游廊上亦不见他的身影。我们想碰碰运气，就随手推开了一扇颇有气派的门，走进一间高大宽敞的哥特式图书室，四壁镶嵌着英国雕花橡木板，看上去像是从国外的某处遗址整体搬运过来的。

一个已发福的中年男人，戴着一副猫头鹰式的硕大眼镜，正醉醺醺地呆坐在一张大桌子旁，眼神游移不定地看着书架上的一排排书籍。我们刚一进门，他就神情兴奋地转过身来，将乔丹从头到脚地打量了一番。

"你觉得怎么样？"他唐突地问道。

"什么东西怎么样？"

他舞着一只手指向书架。

"我指的是这些书籍。其实你们不必再费神去探究了，我已经验证过了，它们都是些真书。"

"你是说这些书吗？"

他点了点头。

"它们绝对是真书——有版面有页码，一应俱全。我原以为它们只不过是一些假封面，实际上它们都是真书，有连续的编码，让我取一本给你们瞧瞧。"

他想当然地以为我们不相信他说的话，便急忙跑到书架前，取出了一本《斯托达德演说集》①第一卷。

"你们瞧瞧！"他炫耀般的嚷道，"这是一件如假包换的印刷品，它差点就把我蒙住了，这家伙简直就是另一个贝拉斯科②。这真是一件杰作，做工多么完美！多实用！而且知道适可而止——并没有裁开书页。你还能怎么样呢？你还能指望什么呢？"

他从我手中将书一把拖过去，匆匆忙忙地将它放归原处，嘴里还不停地嘟囔着：即使动了一砖一瓦，整个图书室也有可能坍塌。

"谁领你们来的？"他质问道，"还是你们擅自闯进来的？我是由人带进来的，大多数客人都是由人引进来的。"

乔丹警觉地望着他，面带微笑，但没有回答他的问题。

"我是被一位叫罗斯福的太太带进来的，"他紧接着说，"克劳德·罗斯福太太，你俩认识她吗？我昨天晚上不知在什么地方遇见她的。我已经醉了约一个星期了，我想在图书室里坐一会儿可能会让我清醒过来。"

"你清醒过来了吗？"

"我想，清醒一点了，但也不一定。我只在这儿待了一个小时。我给你们说过这些书的事了吗？它们都是真书，它们都

---

① 约翰·斯托达德（1850—1931），美国著名演说家，著作甚丰，有十卷本《演说集》——译者注。

② 大卫·贝拉斯科（1853—1931），美国舞台监督，以布景逼真闻名于世——译者注。

是……"

"你都告诉过我们了。"

我们故作正经地与他握了握手，随后又返回了户外。

这时，人们已经在花园里铺有帆布的空地上开始跳舞了。上了年纪的男人搂着妙龄女郎不停地旋转，舞姿略显笨拙；舞技一流的男女则成对拥抱在一起，在舞池的边角处跳着复杂的流行舞步。还有一些落单女郎，要么独自起舞，要么操起了管弦乐队中的班卓琴或是打击乐器，好让乐队成员喘上一口气。到午夜时分，聚会进入了狂欢高潮。一位声名卓著的男高音用意大利语引吭高歌；一位恶名昭彰的女低音则唱起了爵士歌曲。而在节目间的空当儿，人们在花园的各处拿出了自己的"绝活儿"，一阵阵欢声浪语充盈着这仲夏之夜的上空。一对双胞胎演员，就是那穿黄色衣裙的姐妹俩，也粉墨登场表演了一出儿童剧。香槟酒流水般不停地端了出来，盛酒的杯子比餐桌上的洗手盘还要大。月亮在夜空中升得更高了，银色的三角状天秤星座悬浮在海湾的上空，随着花园草坪上班卓琴细微而生硬的琴声而微微颤动。

我仍旧与乔丹·贝克在一起。我们坐在一张桌子旁，同桌的还有一位年纪与我相仿的男士和喜乐形于色的小姑娘，她常没来由地放声大笑。我现在也有点自得其乐的意思，在喝下两大杯香槟酒后，只觉得眼前的景象变得意蕴深远，饶有兴味。

在娱乐节目间歇的时候，同桌的那位男士望着我笑了。

"您看上去很面熟，"他彬彬有礼地说道，"战时您是在第一师服役吗？"

"是呀，我当时在步兵二十八连。"

"我在十六连，直到 1918 年 6 月。我说好像在哪儿见过您呢。"

我们聊了一会法国那些潮湿、灰暗的小乡村。显然，他的家就在附近，因为他告诉我他刚买了一架水上飞机，准备明天早晨试飞一下。

"老兄，想和我一起去吗？就在海湾的岸边上空转一下。"

"什么时间？"

"什么时间无所谓，只要你方便就行。"

我正准备请教他的尊姓大名，这时乔丹回过头来冲我一笑。

"现在玩得开心了吧？"她问道。

"好多了。"我又将头转向我的新朋友，"这个聚会对我来说真是非同寻常，到现在我和主人都还没有打过照面呢。我就住在那边——"我对着远处看不清的篱笆挥了挥手，"承蒙这位盖茨比先生派他的司机给我送去了一份请柬。"

他望着我怔了好一会儿，似乎没有听懂我的话。

"我就是盖茨比。"他突然说道。

"你说什么！"我惊叫起来，"哎呀，真是对不起！"

"我还以为你认识我呢，老兄。看来我不是一个称职的主人。"

他善解人意地冲我一笑——笑容蕴含着比善解人意更深的人生况味。这是一种难得一见的微笑，带有一种永恒的信任感，人这一辈子充其量只能碰上四五次。表面上看起来，这微笑是面对芸芸众生的，实则带有一种对你无法抗拒的偏爱。它把全部的注意力都聚焦在你身上，所表现出的对你的理解程度，恰如你希望被人理解的程度；对你的信任也达到了你自信的程度，并且使你相信他对你的印象正是你处在最佳状态时留给他人的印象。然而就在此时，他的笑容消失了，呈现在我面前的是一个衣着光鲜、举止粗鲁的年轻人，年纪约摸三十一二岁，说话时拿腔作调的口吻近乎滑稽可笑。在他做自我介绍之前，我强烈地预感到他正在小心翼翼地遣词造句。

正当盖茨比先生表明自己身份的那一刻，一个男管家急匆匆地朝他跑来，告诉他芝加哥有人打电话找他。他向在座的每一位宾客都微微地鞠躬表达歉意。

"你需要什么尽管开口，老兄，"他急急忙忙地对我说，"对不起，我去一会马上就回来。"

他刚一走开，我马上转身面对乔丹——极力避免她察觉出我的惊讶之态。我原以为盖茨比先生是一个油光满面的中年胖子。

"他是谁？"我急切地问道，"你知道他是谁吗？"

"他就是那个叫盖茨比的男人呗。"

"我是问他是哪里人？又是干什么的？"

"现在你也开始关心这个问题了，"她淡然地回应道，"嗯，我记得他有一次告诉我他上过牛津大学。"

在我的脑海里逐渐浮现出他的背景，但是随着她脱口而出的下句话又渐渐消失了。

"不过，我并不相信他的话。"

"为什么不相信？"

"我不知道，"她固执地说，"但是我就是不相信他上过牛津大学。"

她说话的语气不禁使我想起了另一个姑娘的话："我认为他杀过人。"这进一步激起了我的好奇心。假如有人说盖茨比是从路易斯安拉州的沼泽地里蹦出来的，或者是从纽约东部的贫民窟里混出来的，我都会毫不怀疑地相信，因为那是可以理解的。但是像他这种年轻人不可能——至少在我这种没有多少社会阅历的人看来——如此厉害，没来由地就能在长岛海湾买下一座宫殿似的豪宅。

"无论如何，他经常举办大型聚会，"乔丹换个话题说道。她也像一般城里人那样，热衷于讨论具体的事物。"我喜欢参加大型聚会，可以聚在一起谈心，而小型聚会反而没有多少私人空间。"

此时低音鼓沉闷地敲响起来，突然传来了乐队指挥的大嗓音，压住了花园里的嘈杂声。

"女士们，先生们，"他大声喊道，"应盖茨比先生的请求，我们为各位来宾演奏一曲弗拉迪米尔·托斯托夫先生的最新作品，这部作品5月份在卡耐基音乐厅演出时引起了公众极大的关注。如果各位留意过报纸，就知道当时曾经轰动一时。"他面露愉悦自得的微笑，又强调说："真的是轰动一时！"此言引得在场的众人哄堂大笑。

"这首知名曲子的名字，"他声音洪亮地结束道，"叫作'弗拉迪米尔·托斯托夫的爵士乐世界史'。"

我没有去认真揣摩托斯托夫先生这首曲子的韵味，因为演奏甫一开始，我的注意力就放在了观察盖茨比先生身上。他独自一人站在大理石台阶上，用一种赞许的眼光从这一群人看到那一群人。他脸部的皮肤被太阳晒得黝黑，紧密光滑，极富魅力；头发留得短短的，看上去好像每天都修剪过似的。在他身上我实在看不出什么邪恶的痕迹。我暗自思忖道，是因为他滴酒未沾使他和众来宾看上去如此不同吗？因为在我看来，来宾们愈是放浪形骸，他倒是愈发显得一本正经了。等到"爵士乐音乐世界史"演奏完毕时，有的姑娘如宠物狗般装痴将头靠在男人的肩膀上；有的姑娘卖乖倒在男人的怀抱里，甚至倒在男人堆中，因为她们心中明白终有一个男人会将她们抱住。不过，没有一个姑娘倒向盖茨比，亦没有法式女短发与盖茨比耳鬓厮磨，更谈不上二三个妙龄女郎环绕在盖茨比身边莺声浪语了。

"对不起。"

盖茨比的男管家突然出现在我们身边。

"是贝达克小姐吗？"他问道，"请原谅，盖茨比先生想与您单独谈谈。"

"和我谈吗？"她吃惊地问道。

"是的，小姐。"

她迟疑地站起身，略显窘态地朝我扬了扬眉毛，然后就跟着男管家朝房内走去。我注意到她穿的是晚礼服，但是什么款式的衣服穿在她身上都宛如运动服——她的动作轻快而富有动感，仿佛她孩提时代就是在空气清新的早晨在高尔夫球场上学走路似的。

我再次成为孤家寡人，而此时已经将近凌晨两点了。有好一会儿，一阵阵嘈杂声从阳台上一间狭长的、开有许多窗户的房间里传出来。乔丹的那位陪护大学生此刻正在与两位合唱队的女孩谈论助产术，并且极力邀请我加入他们的讨论，我借故溜进了房内。

大客厅里挤满了人，两位穿黄色衣裙姑娘中的一位正在弹奏钢琴，她身边站着一位身材颀长、满头红发的年轻女士，正唱着歌，她来自一个著名的合唱团。看上去她喝了不少香槟酒，唱着唱着，不禁乐极生悲，觉得世事皆不如意——于是她边唱边抽泣起来。每到歌曲停顿之处，她便哽咽失声，随后继以震颤的女高音。眼泪顺着她的脸颊往下流淌——但却并不流畅，先是遇上画得很浓的眼睫毛阻挡，染成了黑墨水色，再往下慢慢滑动时，就成了一条条黑色的小溪。有人开玩笑地提议她唱出她脸上画出的"音符"，闻听此言她双手向上猛地一挥，将身子倒在一张椅子里，酒酣入梦了。

"她刚才和一个自称为她丈夫的男人干了一仗。"站在我身旁的一个姑娘对我这样解释道。

我向四周张望了一下，一多半留下来的女宾客都在和据称是她们丈夫的男人吵架干仗。甚至连乔丹那来自东半岛的四人小团体也因为彼此意见不合，闹起了分裂。男士中的一位正在兴趣盎然地与一位年轻的女演员攀谈。他的妻子起初还保持着体面，装作若无其事的模样，想对眼前发生的一切一笑了之，但最终却没有忍住，醋意大发，不断地对他进行旁敲侧击——她时不时地突然出现在他身边，如幽灵般在他身边提醒道："你是做过保证的!"

不情愿回家的并不限于那些居心叵测的男人，此时客厅里面还有两个一脸倒霉相、头脑清醒的男人和他们怒气冲天的太太。两位太太用稍高的嗓门在相互抚慰着彼此的心灵。

"他只要一看见我玩得开心，就吵闹着要回家。"

"我这辈子就从来没有见过像他这么自私的家伙。"

"我们总是最先离开。"

"我们也是如此。"

"哎，今天晚上我们几乎留在最后了，"其中一位男士怯生生地说，"乐队半个小时之前就撤了。"

尽管两位太太都认为这样的拆台令人扫兴，这场争执还是在短暂的打斗中结束了。任凭太太们的拳打脚踢，两位男士抱起各自的太太消失在茫茫夜色中。

我正站在门厅里等待着取回我的帽子，这时，图书室的门打开了，乔丹·贝克和盖茨比双双走了出来。他正最后对她说着些什么，这时几个客人拥上前去向他道别，他那原本殷勤热切的神情突然消失了，变得客气起来。

跟随乔丹来的那帮人正不耐烦地在门廊里喊她，不过她还是逗留了片刻，好与我握手道别。

"我刚听说了一件非常奇妙的事情，"她悄没声地对我说，"我们在里面待了有多久？"

"嗯，大约一个小时吧。"

"这事真……太令人不可思议了，"她出神地重复道，"可是我已发过誓，这事坚决不能说出去，现在却来吊你的胃口了。"她当着我的面自然地打了个哈欠，"有空请来找我……在电话簿的……西古奈·霍华德太太名下……我姨妈……"她边说边匆匆离去——半道上她举起一只晒成棕褐色的手臂，轻快地挥手告别，旋即与在大门口等她的那群人会合了。

第一次到别人家做客就待得如此之晚，我对此感到有些不好意思，于是走进围着盖茨比的最后那一批客人中间。我想向他解释今晚我一到场就在四处找他，并且为刚才在花园里竟然没有认出他来表达歉意。

"没关系，"他诚恳地说，"这事别放在心上，老兄。"这种不拘礼节的称呼，和他那抚慰性地轻拍我肩膀的手一样，使我感到分外亲切。"别忘了我们明天早晨9点一起去乘水上飞机。"

这时，男管家出现了，站在他身后说："先生，费城来电话找您。"

"好的，等一下。告诉他们，我马上就到。晚安。"

"晚安。"

"晚安。"他欣然一笑。突然之间，我发现待到最后再告别似乎有了某种令人愉悦的感觉，而这仿佛正是他所期望的结局。

"晚安，老兄……晚安。"

但是，当我步下台阶时才发现，晚会并没有完全结束。在离开大门约五十英尺的地方，在十几盏汽车头灯刺眼的光照下，呈现出一个奇怪混乱的场景。在路旁的水沟里横躺着一辆崭新的小轿车，右侧朝上，一个车轮被撞掉了，而这辆汽车离开盖茨比家的车道还不足两分钟。原来是围墙的一个凸起处造成了车轮的脱落。现场有五六位充满好奇心的司机在那里围观，可是，因为他们的车子停留在现场滞塞了道路，于是后面的车子不停地响起了喇叭，一阵阵刺耳的嘈杂喧闹声，使本来就已经混乱不堪的场面变得更加令人难以忍受。

一个穿着长风衣的男人已经从那辆被撞坏的车中爬了出来，站在马路当中，看看车，看看轮胎，再看看围观的人群，神情惹人生怜而又稍显迷茫。

"看吧！"他解释道，"它跑到水沟里面去了。"

显然，这个事实让他感到十分诧异；而我先是对这事的性质，然后是对司机本人感到十分惊奇——他就是之前光顾过盖茨比先生图书室的那个男人。

"到底是怎么回事？"

他耸了耸肩膀。

"我对机械这玩意儿一窍不通。"他十分肯定地说。

"但是这究竟是如何发生的？你开车撞墙了吗？"

"这事你可别问我，""猫头鹰眼镜"说，将自己撇得一干二净。"我不太懂驾驶汽车——对此几乎一无所知。这事就这么发生了，我能说的只有这一点。"

"既然你是一个生手，晚上就别开车呀。"

"可是我试也没试，"他愤愤不平地解释道，"我根本就没上手嘛。"

围观的人都惊讶得说不出话来。

"你是想自杀吗？"

"算你运气好，只是撞掉了一只车轮子。只不过是一个蹩脚的司机，还敢说试一试。"

"你们什么都没弄明白，"这个闯祸者解释说，"我根本就没有开车，车里面还有一个人呢。"

此言一出，激起了人们一阵持续的惊叹声："啊——啊——啊！"这时小轿车的门缓慢地打开了，围观的人群——此时已聚集了一大帮人——不由自主地后退了数步。当车门完全打开时，现场是死一般的寂静。接着，缓慢地，一部分一部分地，一个脸色苍白，身子东倒西歪的人从那辆撞坏了的小车中爬了出来，触地时还先用他那只穿着舞鞋的大脚试探了一下。

这位幽灵般的人物被汽车前灯的亮光晃得睁不开眼，又被不间断的汽车喇叭声搅得稀里糊涂，站在原地摇晃了好一会儿，才认出那位穿风衣的同伴。

"怎么回事？"他镇定地问道，"车是不是没汽油了？"

"自己瞧吧！"

六七个人一起用手指向那被撞掉的车轮。他盯着它看了一会儿，又抬头往上瞧，好像在怀疑车轮是从天而降的。

"车轮掉了。"有人对他说明道。

他点点头。

"开始我还没有注意到车子停下来了。"

他沉默无语了一会儿，然后，他深深地吸了口气，又挺了挺胸膛，用一种毋庸置疑的口气问道："谁能告诉我，这附近哪里有加油站？"

顿时，有十一二个人——其中有些人的头脑并不比他清醒多少——对他解释说轮子和车身已没有任何物理联系了。

"倒车，"过了一会儿他提议道，"将车身翻过来。"

"可是轮子已经掉了。"

他略显迟疑了一会儿。

"试试也没关系嘛。"他说。

汽车喇叭的尖声怪叫逐渐达到高潮。我转过身，穿越那片草坪，朝家的方向走去。归途中，我回头望了一眼。一轮如薄脆饼般的圆月笼罩在盖茨比的别墅上，夜色依旧美好，花园依然灯光璀璨，只是欢声笑语已然逝去。一股突如其来的虚无感似乎正从每一扇窗户、每一座大门里潜流出来，使其主人的身影显得愈加的形单影只。而此时的他正站在门廊下，举起手摆出了与客人正式道别的身姿。

重温一下上述我所写下的这些经历，我发觉我已经给人留下这样一种印象：好像这连续几个星期里断断续续发生在三个夜晚的事情，牵扯了我整个身心的注意力。事实恰恰相反，它们只不过是在一个繁忙的夏季里偶然发生的奇闻逸事。在之后相当长的一段时间里，我对它们的关注程度远远比不上我对自己私人事务的关心。

大多数的时间我都在忙于应付工作。清晨，每当旭日东升，我就匆匆忙忙地穿过纽约南部高楼大厦间的白色空隙地带，赶往诚信信托公司上班，在朝阳的映照下，一路陪伴我行的是身子的倒影。我与公司的其他职员和年轻的债券推销员混得稔熟，经常与他们一起在阴暗、拥挤的小餐馆里共进午餐，吃些猪肉小香肠、土豆泥，喝上一杯咖啡。我甚至和一个在会计部工作的姑娘谈过一段短暂的恋爱，她住在纽约附近的泽西城。但是她的哥哥对我冷眼相加，所以在她7月份去度假的时候，我俩的关系也就无疾而终了。

我通常在耶鲁俱乐部吃晚餐——不知怎的，这是我一天中最不开心的时刻——晚餐后我就去楼上的图书室，专心致志地学上一个小时有关投资和证券方面的专业理论知识。俱乐部里总有几个借酒装疯的人，但他们从来都不去图书室，因此那里是学习的极佳场所。从那儿出来后，如果夜色宜人，我就沿着麦迪逊大街漫步而行，经过那家老字号的默里山酒店，再穿过33号街，一直走到宾夕法尼亚车站。

我开始喜欢上纽约这座城市了，我喜欢它在夜晚给人的那种充满诱惑力的奔放刺激的情调，大马路上红男绿女穿梭往来，车水马龙令人目不暇接，给人带来视觉上的感官享受。我喜欢沿着第五大道信步而行，用眼睛的余光在熙攘的人群中搜索风情万种的女人，幻想着几分钟后我便能涉足她们的生活，无人知晓，亦无人从中作梗。有时候，我的脑海里浮现出如此这般的场景：我尾随她们来到位于某偏僻街角处的闺房门前，她们在走进家门之前朝我回眸一笑，便隐入门内黑色的温柔之乡中。在这大都市迷人的暮霭里，我内心感到有一种挥之不去的孤独，同时觉得其他人也有此同感——那些贫困的年轻职员，终日踟蹰于大商场的橱窗前，到点了就一个人孤零零去小餐馆吃顿晚餐，与丰富的人生和多彩的夜生活失之交臂。

转眼又到了晚上8点时分，四十号街那一带昏暗的街巷间挤满了前往剧院区的出租车，五辆一排，热闹异常，此时我心中就感到一种无名的惆怅。在车子暂停的短暂空隙，你可以瞥见车内的伴侣相依相偎，哼歌声、听不清的笑话激起的嬉笑声清晰可闻，燃着的香烟冒出一个个浑浊的烟圈。我幻想着自己已与他们融为一体，和他们一样赶赴寻欢作乐的场所，分享他们的亲密和兴奋，不由地暗自为他们祝福。

我有阵子没见到乔丹·贝克了，后来在盛夏时节又见到了她。起初我认为能与她一道四处拜访是一种荣幸，因为她是高尔夫冠军选手，所有人都听闻过她的大名。这倒不是说我真的拜倒在了她的石榴裙下，而是对她怀有一种无可名状的好奇心。她对外界摆出的那张高傲面孔的背后隐藏着某种东西——大多数装腔作势的人内心都隐藏着某种东西，虽然其本意可能并非如此——直到有一天，我发现了其中的奥秘。当天我俩一起到沃威克①去参加一个家庭聚会。她将借来的一辆敞篷汽车未拉上顶篷就停在雨地里，之后却撒了个谎，将责任推卸得一干二净。此事让我想起了坊间流传的有关她为人的一件趣事，而这件事那晚在黛西家与她初次见面时却被我忽略了。在她参加的第一场大型高尔夫锦标赛赛场上，发生了一场风波，差一点上了报纸版面。有人说她在半决赛时偷偷挪动了一个处在对其不利位置的球，这件事几乎演变成了一桩丑闻——但后来却被平息下来。一个球童撤回了他的证词，而另外一位唯一的证人也改口说可能是他搞错了，但无论如何，这件事和她的名字却一直在我的脑海里留下了深刻的印记。

乔丹·贝克一直避免与聪明睿智的男人打交道，这几乎成为了她的一种自卫本能，现在我明白了这是因为她认为同墨守

---

① 纽约市北部郊区——译者注。

成规的男人相处会比较安全。她的不诚实已到了无药可救的地步。她不能忍受自己在与人相处时处于弱势地位，由于这种心理作祟，我想她在非常年轻的时候就开始耍各种花招，以便她一方面能以冷漠、傲慢的微笑示人，另一方面又能满足她那健壮、敏捷肉体的本能需求。

这对我而言无所谓。女人不诚实，男人大可不必求全责备——我只是偶尔感觉有些遗憾，时过境迁后就忘了。也就是在赴那次家庭聚会的途中，我俩有过一次关于开车的有趣对话，因为她的车子当时紧擦着几位工人身边开了过去，结果车子的挡泥板刮掉了一位工人外衣上的纽扣。

"你开车太马虎了，"我态度严肃地说，"你要么开得小心点，要么就干脆别开车。"

"我开得很小心呀。"

"不对，你开得一点也不小心。"

"嗯，这没什么，只要别人小心就行了。"她轻描淡写地说道。

"这与你开车有什么关系吗？"

"他们会给我让道，"她固执己见，"双方都不小心才会发生事故哩。"

"你要是遇上一位与你一样粗心大意的人呢？"

"我希望我永远都不会碰上这样的人，"她答道，"我讨厌粗心大意的人，这就是我喜欢上你的原因。"

她那双灰色的、被阳光照得眯起来的眼睛直直地盯住了前方，但是她的话已经蓄意改变了我俩的关系，在那一瞬间我想我爱上了她。可是，我是一个思维迟钝的人，内心又有许多清规戒律束缚住自己的手脚，而当务之急是要将自己从老家那种纠缠不清的关系中完全解脱出来。在这之前，我坚持每个星期写一封信，每封信的结尾都署上"爱你的，尼克"，而满脑子里想的却是那位打网球①的姑娘，以及她那上嘴唇上渗出的如小胡子般的细密汗珠。不过，在我重获人身自由之前，我俩的暧昧关系确有需要澄清之处。

　　每个人都以为他自己至少具备一种基本的美德，而我的美德便是：诚实。我是我所认识的罕见的诚实人当中的一个。

---

　　①　原文如此——译者注。

# 第四章

"盖茨比之所以买下那栋别墅，就是因为黛西住在海湾的对面呀。"……这么说来，那个6月的夜晚，他抬头仰望的就不仅是天上的繁星了。他的形象一下子从那毫无意义的寄生生活中脱胎出来，鲜活地浮现在我的眼前。

星期天早上，当教堂的钟声在海边的村庄上空响起时，社交界的各色男女又都聚集到盖茨比先生的别墅，在草坪上寻欢作乐。

"他是一个私酒贩子，"年轻女人们在鸡尾酒台和鲜花丛中漫步时，彼此间闲聊道，"有一次他杀了一个人，因为那人知道他是兴登堡①的侄子，恶魔的表兄弟。给我摘朵玫瑰花，亲爱的，再给我的水晶酒杯里添上一点酒。"

我曾经有一次在一份列车运行时刻表的空白处记下了那年夏天拜访过盖茨比别墅的所有来宾的名字。现在这张时刻表已旧得发黄发脆了，折叠处都已破裂了，表头上注明："本时刻表1922年7月5日起生效。"但我仍然能依稀辨认出字迹模糊的姓名。与其让我笼统地概括说有些人尽管对盖茨比先生的身世一无所知，却利用他的慷慨好客天性揩油，借以表示他们对他无可言说的敬意，倒不如直接列出他们的姓名，能给读者一个更加直观的印象。

从东半岛来的有切斯特·贝克尔夫妇、利奇夫妇，一个我在耶鲁读书时就相识的叫本森的男人，还有韦伯斯特·西维特大夫，去年夏天他在缅因州淹死了。还有霍恩比姆夫妇、威利·伏尔泰夫妇以及布莱克巴克一家，他们总喜欢聚集在某个角落处，一旦有人走近，他们就会像山羊一样抽动他们的鼻子。此外，还有伊斯梅夫妇、克里斯蒂夫妇（更准确地说是休伯特·奥尔巴克和克里斯蒂先生的夫人）和埃德加·比弗，据传比弗的头发在一个冬天的下午没来由地就变得如同棉花一样雪白。

我记得克拉伦斯·恩迪弗亦来自东半岛，但只来过一次，穿着一条白色的灯笼裤，还在花园里和一个叫埃蒂的流浪汉干

① 兴登堡（1847—1934），德国元帅、总统（1925—1934），第一次世界大战中击溃俄军，后任参谋总长、陆军总司令，总统任内支持保皇派和法西斯组织——译者注。

了一仗。从小岛更远处来的宾客有奇德尔夫妇、O. R. P. 斯雷德夫妇、佐治亚州的斯通瓦尔·杰克逊·艾布拉姆夫妇，还有菲希加德夫妇和里普利·斯奈尔夫妇。斯奈尔在入狱前三天还来过这里，喝得醉醺醺地倒在碎石车道上，结果尤利塞斯·斯威特夫人的小轿车从他的右手上辗了过去。丹希尔夫妇也造访过，来过的还有年近七旬的 S. B. 怀特贝特，以及莫里斯·A. 弗林克、汉姆海德夫妇、烟草进口商贝路加和他的几位小姐。

来自西半岛的有波尔夫妇、穆尔莱迪夫妇、塞西尔·罗巴克、塞西尔·舍恩、州参议员古利克，以及控制超卓越电影公司的老板牛顿·奥基德、艾克霍斯特和克莱德·科恩、小唐·S. 施沃兹以及阿瑟·麦卡蒂，这些人都与电影界有着或多或少的联系。还有卡特利普夫妇、贝姆勃格夫妇和 G. 厄尔·马尔登，他就是后来把自己妻子勒死的姓马尔登的家伙的兄弟。推销商达·冯坦诺也来过这里，另外还有埃德·勒格罗、詹姆斯 B. 费里特（人送外号"烂肠"）、德·琼夫妇和欧内斯特·利利——他们都是来这儿赌博的，每当费里特百无聊赖地逛进花园，那就意味着他已输得精光，于是第二天他就会为了套利而让联合运输公司的股票价格上下波动。

有一个名叫克利普斯弗格的人经常去盖茨比先生的别墅，而且一去就呆很长时间，所以大家都称呼他为"寄宿生"——我怀疑他根本就是一个无家可归者。在常去的戏剧界人士中，有格斯·威兹、霍勒斯·奥多诺万、莱斯特·迈尔、乔治·德克维德和弗朗西斯·布尔。从纽约城里来的还有克罗姆夫妇、贝克海森夫妇、丹尼克夫妇、拉塞尔·贝蒂、科里根夫妇、凯莱赫夫妇、杜厄夫妇、斯卡利夫妇、S. W. 贝尔奇夫妇、斯默克夫妇、和现已劳燕分飞的年轻的奎因夫妇，以及亨利·L. 帕默多，此人后来在时代广场的地铁站卧轨自杀了。

本尼·麦克莱纳亨总是带着四个年轻姑娘一道来，但每次来的都不是同一拨人，不过她们看上去相貌差不多，所以看上去都好像是以前来过的。我已经忘记了她们的芳名——我想是叫杰奎林吧，要不就是康雪娜，抑或是格洛莉娅，或者是朱迪、琼。她们的姓氏要么是美妙悦耳的花朵名或是月份的名字，要么就与闻名遐迩的美国大资本家相同，如果人们定要追根究底，她们就会羞答答地承认自己只是他们的远亲罢了。

除了上面提及的这些人之外，我还依稀记得福斯蒂娜·奥布赖恩至少来过一次，还有贝德克姐妹和年轻的布鲁尔，他的鼻子在战争中被打坏了。还有阿尔布鲁克斯伯格先生和他的未婚妻哈格小姐、阿迪塔·费兹彼德夫妇和曾经担任过美国军团①负责人的 P. 朱厄特先生，还有克劳迪娅·希普小姐和一个据称是她私人司机的男伴，还有一个王子什么的，我们都称呼他"公爵"，至于他的尊姓大名，即便我以前知晓，现在也早已忘了。

所有这些人在那年夏天都到过盖茨比的别墅。


7月底的一天早晨9点，盖茨比的豪华轿车沿着石子铺砌的车道开到我家门口，三音节汽车喇叭按出一阵悦耳的声响。这

① 系美国全国性退伍军人组织——译者注。

还是他第一次屈尊来看望我，虽然我已经光顾过两次他的家庭聚会，也乘坐过他的水上飞机，并且在他的盛情邀请下多次去过他的私人海滩。

"早晨好，老兄。既然你今天已约定要和我共进午餐，我想我们就一起乘车进城去吧。"

他站在汽车的踏脚板上，身体保持平衡，动作轻快敏捷，体现出典型美国人的特色——我想这是源于我们发育时不干重体力活，再就是我们参加的那些各具特色的运动项目潜移默化为自然优雅的动作方式。这种特色在他身上不时地以躁动不安的形式表现出来，掩盖了他拘谨不安的举止。只见他片刻也不能停顿下来，不是一只脚不自觉地轻踢某处，就是一只手掌不安分地一张一合。

他注意到我正用羡慕的目光紧盯着他的车子，便跳下车来，好让我看个清楚。

"这车挺漂亮，不是吗，老兄？"他说道，"你以前见过这车吗？"

我见过，每个人以前都看到过。车身呈纯乳白色，镀镍的部件闪闪发亮，加长的车身鼓凸有致，内置衣帽箱、食品箱和工具箱；数层挡风玻璃错落有致，折射出十数个太阳。车厢用绿色皮革装饰，用多层玻璃与外界相隔，宛如温室。我们坐进车，向城里开去。

在过去一个月里，我与他聊过五六次，但令我感到失望的是，他是一个少言寡语的人。所以我最初以为他是一位重量级大人物的印象，现在逐渐的淡薄了。在我看来，他就犹如隔壁一家管理有方旅馆的老板而已。

接着就发生了那次令人尴尬的同车之行。我们还没有到达西半岛村，盖茨比就一改故作正经的谈话口吻，稍显迟疑地用手敲打着他穿着淡褐色西装裤的膝盖。

"我说，老兄，"他冷不丁地冒出一句话，让我大吃一惊，"你对我有何看法呢？"

我一下子给他问蒙了，只好用在这种场合常说的含糊其辞的话语来搪塞一番。

"好吧，我就给你谈谈我的经历吧，"他打断我道，"我可不愿意你由于听信了某些谗言而对我产生某些错误的看法。"

原来他对那些在他客厅里流传的稀奇古怪的流言飞语是心知肚明的。

"我向上帝保证，我说的都是真话。"他忽然举起右手，仿佛向神灵发誓似的，"我出生在中西部一个富裕的家庭里——显然家里人都已过世了。我是在美国长大的，却是在牛津受的教育，因为历年来，我家的先人都是在那儿受的教育，这是我家的传统。"

他斜瞥了我一眼——我一下子就明白为什么认为他撒谎了。他将"在牛津受的教育"这句话一带而过，给人含糊其辞或吞吞吐吐的感觉，仿佛此句话以前使他难堪过。起了这个疑心后，他此后所说的一切都不是那么可信了，于是我开始猜测他的身世确有什么不可告人之处。

"你的老家在中西部什么地方呢？"我看似无心地问了一句。

"旧金山。"

"我知道了。"

"我家里的人都去世了，我因此继承了一大笔遗产。"

他说话的语气很严肃庄重，似乎突然间失去全部家人的痛苦回忆依旧折磨着他的心灵。有那么一会儿我怀疑他是在故意愚弄我，但在瞄了他一眼后，我又确信这只不过是我的错觉而已。

"后来，我就像一个年轻的东方王子一般游遍了欧洲各大都市——巴黎、威尼斯、罗马——收集各种各样的珠宝，主要是红宝石，打打猎，学学画，纯属自我消遣，好让自己忘却以前发生的那些伤心事。"

我努力抑制住不让自己笑出声来，因为他所说的不过是一般吹牛的人常爱使用的陈词滥调，在我的脑海里不由浮现出这样一幅画面：一个头上裹着头巾的"布娃娃"在布罗涅森林①中追赶一只老虎，边追漏洞百出的身子里填充的木屑边往外漏。

"后来，大战就爆发了，老兄。对我而言，这倒是一个彻底解脱的好机会。我想方设法地想一死了之，但冥冥之中似乎总有神灵庇护着我。战争开始的时候，我被任命为中尉。在阿尔贡森林一役②中，我带领机枪营余部奋勇向前，结果长达半英里的两翼全无掩护，因为步兵在那儿无法向前推进。我手下只有130 名士兵，16 挺刘易斯型机关枪，但我们足足坚守了两天两夜。等到步兵团冲上来时，他们在成堆的尸体中发现了三个德

①　法国巴黎郊外的一个公园，森林面积达两千多亩——译者注。

②　法国东北部高原森林。1918 年 9 月，协约国部队在此地大败德军。不久之后，德国即接受停战条件——译者注。

国师的徽章。我被提拔为少校，每一个协约国政府都授予了我一枚勋章——甚至连黑山国都不例外，就是位于亚德里亚海边的那个小不点似的黑山国！"

"小不点似的黑山国！"他嘴里迸出这几个字时特意提高了嗓门，并不住地点着头——脸上露出会意的微笑。这微笑显露出他知晓黑山国动乱的历史，并且同情黑山国人民进行的英勇斗争；亦表示他完全理解黑山国人民的民族情结，因而得到了这个袖珍国中央政府发自内心的热情奖赏。而此时我的疑窦之心也已转变成迷惑之情了，其混乱的情形犹如一个人在匆忙中同时翻阅十几本杂志一样。

他把手伸进上衣口袋，掏出一枚系着丝带的金属徽章，放在我的手掌心上。

"这就是黑山国授予我的那枚勋章。"

使我感到惊讶的是，那东西看上去像是真的。

"丹尼罗勋章"，上面刻着一圈铭文：黑山国国王尼古拉斯·雷克斯。

"掉个面看看。"

"杰伊·盖茨比少校，"我默念道，"英勇卓绝。"

"这是另外一件我总是随身携带的东西，牛津大学时代的一件纪念品。它是在三一学院校园里照的——站在我左边的这位现在是唐卡斯特伯爵。"

那张照片上有六位青年才俊，全是一身运动装束，在一道拱门里颇为随意地站立着，拱门外的背景处还可瞥见多处塔尖。照片中的盖茨比看上去比现在略显年轻，但也年轻不到哪里去，手中拿着一根板球棒。

这样看来他所说的一切都是确有其事了。我仿佛看见一张张虎皮挂在他位于大运河①上的宫殿里，光彩夺目；我又仿佛看见他正在打开红宝石箱，借用宝石那耀眼的红色光芒来抚慰他那颗破碎心灵的伤痛。

"今天我要请你帮我一个大忙，"他边说边颇为自得地将纪念品放回口袋里。"所以我认为你应该对我的经历有所了解。我可不想让你认为我是一个无名之辈。你看，我只和陌生人交往，这是因为我总是浪迹四海，努力想忘却那些伤心的往事。"他犹豫了片刻又补充道，"你今天下午就会知道这件事的。"

"是吃午餐的时候吗？"

"不，今天下午。我碰巧得知你今天下午约了贝达克小姐喝茶。"

"你是说你爱上了贝达克小姐吗？"

"没有，老兄，我可没有爱上她。可是贝达克小姐已经同意由她出面来和你谈这件事。"

我对"这件事"到底是怎么回事毫无头绪，而且我对"这件事"不仅毫无兴趣，甚至有些反感。我请贝达克小姐喝茶，并不是为了谈论杰伊·盖茨比先生的。我敢肯定他要求我倾听的事情一定十分离奇古怪，有那么一会儿，我真后悔我曾经涉足于他那块宾客如云的草坪了。

---

① 意大利威尼斯的主要水道，以其桥梁和两岸的宫殿、教堂等宏伟建筑而著称——译者注。

他不再言语了。我们离城区越近，他的态度愈显得冷峻。我们路过罗斯福港，从那里可以瞥见一艘船身漆着一道红圈的远洋货轮，随后又全速驶过一个贫民窟，碎石子道路两旁排列着19世纪镀金、现已褪色的酒吧，虽已破旧不堪，光线昏暗，但却不乏客人光顾。紧接着，那个灰谷在车的两侧展开，我在车上瞥见威尔逊太太一边在加油泵前卖力地替顾客加油，一边不停地喘着粗气。

汽车的挡泥板犹如张开的翅膀，风驰电掣般的穿越过半个阿斯托里亚街区——仅仅只是半个街区，因为正当我们在高架铁路的支柱间迂回穿行时，我听到了摩托车发出的熟悉的"哒——哒——噼啪"声，随即看到一个狂怒的警察骑着警用摩托从我们车旁驶过。

"好吧，伙计。"盖茨比大声喊道，同时将车慢慢停了下来。他从皮夹里拿出一张白色的卡片，在警察的眼前晃动了一下。

"不好意思，"警察抬手轻轻地碰了下帽檐，抱歉道，"下次就会认识您了，盖茨比先生。请原谅。"

"你给他看的是什么东西？"我好奇地问道，"是那张牛津大学的照片吗？"

"我曾经帮过他们局长一个忙，因此他每年都会寄给我一张圣诞贺卡。"

我们的车子驶上了大桥。阳光穿过大桥的钢架映射在穿梭往来的汽车上熠熠生辉。河对岸的都市区高楼大厦鳞次栉比，呈灰白色簇拥在一起，远远望上去犹如一堆堆糖块，但愿它们都是用来路清白的金钱建造起来的。从皇后区大桥上远眺纽约市区，永远是这个世界大都市带给人们的有关尘世间的种种神秘和美好生活的诱惑。

一辆载着逝者的灵车从我们身旁驶过，车身上扎满了白花，后面紧跟着两辆四轮马车，车厢的窗帘拉得密不透风，还有几辆轻便马车载着逝者的亲朋好友。这些送殡的亲友们隔着车窗看着我们，从他们那忧郁的眼神和薄薄的上唇可以推断出他们是东南欧人。盖茨比的豪华轿车能排进他们肃穆的送殡队伍里，不知怎的我竟有一种愉悦的感觉。我们的车子横穿布莱克威尔岛①时，一辆高级轿车超过了我们，司机是个白人，里面坐着三个衣着时髦的黑人，两个毛头小伙和一个年轻姑娘。看到他们朝我们翻着白眼，一副不甘示弱的敌意表情时，我忍不住放声大笑起来。

"过了这座桥，无论什么事情都可能发生，"我心中暗自思忖，"无论什么事情都……"

因此，在这个地界突然冒出个盖茨比来，完全用不着大惊小怪。

在这个喧嚣的夏日中午，在 42 号大街一家通风设施良好的地下餐厅里，我与盖茨比相约共进午餐。从光照强烈的街上走进餐厅，我不得不眨眨眼睛以适应周遭的环境。这时我隐约看见盖茨比待在前厅，正在跟另外一个男人交谈。

---

① 位于纽约皇后区和曼哈顿区之间的东河中的狭长小岛——译者注。

“卡拉韦先生，这位是我的朋友沃尔夫山姆先生。”

一个身材矮小、鼻子扁平的犹太人抬起他硕大的脑袋打量了我一番，他的两个鼻孔里长满了浓密的鼻毛。过了一会儿，我才在昏暗的光线中隐约瞧见了他的两只小眼睛。

“……于是我就瞥了他一眼，”沃尔夫山姆先生一面继续说，一面很急切地跟我握着手，“你猜猜接下来我都做了些什么？”

“做了些什么？”我礼节性地问道。

但显然，这个问题不是针对我的，因为他随即松开了我的手，将他那颇具特征的鼻子朝向了盖茨比。

“我把那笔钱交到了凯兹保手上，同时对他说：‘就这样吧，凯兹保，他要是不闭嘴，一分钱也别给他。’他立马就闭嘴了。”

盖茨比一手挽着沃尔夫山姆，一手挽着我，一起走进了餐厅，于是沃尔夫山姆先生只好将刚到嘴边的话咽了回去，随后便变得犹如梦游般心不在焉。

“要姜汁威士忌吗？”领班的侍者问道。

“这家餐馆不错，”沃尔夫山姆先生赞许道，眼睛望着天花板上描绘的长老会仙女，“但是我更喜欢街对面的那一家。”

“好吧，来点姜汁威士忌，”盖茨比回应侍者道，然后转向沃尔夫山姆先生说，“那家太热了。”

“又热，地方也小——不错，”沃尔夫山姆先生说，“但是却使人回味无穷。”

“是哪一家餐馆？”我问道。

“老大都会。”

“老大都会，”沃尔夫山姆先生若有所思的重复道，“那些已死去或已远走高飞的老相识，那些已不可能再相见的老朋友。我这一辈子都忘不了他们开枪打死罗西·罗森塔尔的那个夜晚。我们一共六个人围坐在一张桌子旁，罗西那天晚上开怀痛饮。天快亮时，一位侍者神情诡异地走到他面前，说外面有人正在找他。'知道了。'他说完就站起身来，我将他重新按坐在椅子上。

"'罗西，那帮杂种若要找你，就让他们上这儿来，但是，罗西，求求你，可千万不要走出这间房间。'

"当时已是凌晨4点钟了，如果我们拉开窗帘，就能看到外面天空已经放亮了。"

"他出去了吗?"我下意识地问道。

"那还用问。"沃尔夫山姆先生朝我恼怒地翕动了一下鼻翼，"他走到门口还回过头来说：'别让侍者将我的咖啡收走了！'说完他就走到外面的人行道上，他们朝他酒足饭饱的肚皮上连开三枪，然后开车跑掉了。"

"他们中间有4人后来被处以电刑。"我终于记起这件事的来龙去脉了。

"五个人，包括贝克尔在内。"他又将鼻孔朝向我，一副对我感兴趣的模样。"我听人说你正在找关系做生意。"

他将毫不相干的两件事情混为一谈，令人摸不着头脑。盖茨比出面替我解围。

"噢，错了，"他解释道，"那人不是他。"

"不是他?"沃尔夫山姆先生的神情看上去似乎有几分失望。

"他只是我的一个朋友。我对你说过我们改天再谈那件事的嘛。"

"对不起,"沃尔夫山姆先生说,"是我弄错人了。"

这时,侍者端上来一盘多汁肉丁,沃尔夫山姆先生忘掉了老大都会那些令人伤感的往事,开始津津有味地大快朵颐了。与此同时,他的眼睛却极其缓慢地转动着,将餐厅扫视了一遍——最后他又转过身来观察坐在他身后的人,从而画上了一个完整的弧圈。我想如果我不在现场,他甚至连桌子底下也会瞄上一眼。

"我说,老兄,"盖茨比将身子倾向我说,"今天早上在车子里我恐怕惹你不高兴了吧?"

他的脸上又浮起了那种熟悉的笑容,可是这次我决心不再上当。

"我不喜欢将事情搞得神秘兮兮的,"我正色道,"我弄不明白你为什么不直截了当地告诉我你到底想要什么,为什么这件事情非要贝达克小姐作中间人呢?"

"哦,这绝不是什么见不得人的事情,"他向我保证道,"贝达克小姐是一位著名的女运动员,她永远都不会做不正当的事情。"

突然间,他看了看手表,蹦起身,急急忙忙地离开了餐厅,把我和沃尔夫山姆先生单独留在了餐桌旁。

"他得去打个电话,"沃尔夫山姆先生目送他离开后说,"他是个不错的家伙,是吧?仪表堂堂,还是个十足的绅士。"

"是吧。"

"他是纽津①人。"

"噢。"

"他上过英国的纽津大学。你知道纽津大学吗?"

"听说过。"

"它是世界上最著名的大学之一。"

"你认识盖茨比很久了吗?"我问道。

"有好几年了,"他自鸣得意地答道,"战争刚一结束我就有幸认识他了。我刚与他交谈了一小时就确定我碰上了一个很有教养的人。我对自己说:'这是一个值得你带回家介绍给你母亲和妹妹认识的人。'"他停顿了一会儿,又说:"我发现你在看我的袖口纽扣。"

我本来并没有留意到他的袖口纽扣,但是这会儿我注意到了。它们看上去怪怪的,像是用象牙材质制成的。

"这是用精选的人的臼齿做的。"他告知我。

"真的吗!"我仔细地观察了它们一番,"这种干法真是太奇妙了。"

"是的,"他把衬衣袖口缩进外套里去,"是啊,盖茨比在女人方面十分谨慎。他从不对朋友的妻子哪怕多看一眼。"

这时,那位凭直觉受到信任的对象又回到餐桌前坐了下来。沃尔夫山姆先生一口喝完杯中的咖啡,然后站起身来。

"午餐吃得很满意,"他说道,"但我要赶快离开这儿,否

---

① 沃尔夫山姆英语发音不纯正,此处将 Oxford 说成 Oggsford,姑且译成"纽津"。上下文中还有讹音现象,不一一译出——译者注。

则，你们两位年轻人就要嫌弃我了。"

"迈耶，别那么猴急嘛。"盖茨比劝道，但语气却不甚热情。沃尔夫山姆先生抬起手做了一个感谢的手势。

"你真是太客气了，但我已是上辈人了，"他煞有介事地说道，"你们在这里多坐会吧，谈谈体育运动，谈谈年轻女人，谈谈……"他又挥动了一下手，嘴里蹦出了一个自创的名词，"至于我，已经五十岁了，就不再叨扰你们了。"

他跟我们握了握手，转身离去时他那伤感的鼻翼又翕动起来，我甚至怀疑是否我说的哪句不当言语惹恼了他。

"他有时候会变得非常多愁善感，"盖茨比对我解释道，"碰巧今天就是他的一个伤感日。他在纽约地区也算是一个人物——百老汇的常客。"

"他究竟是干哪种行当的，是演员吗？"

"不是。"

"牙科医生？"

"迈耶·沃尔夫山姆？开玩笑，他是个赌徒。"盖茨比迟疑了一下，然后又冷冷地补充了一句。"他就是1919年幕后操纵美国世界职业棒球锦标赛的那个人。"

"幕后操纵世界职业棒球锦标赛？"我不由得重复了一遍。

这件事让我大吃一惊。我当然记得1919年该赛事被人操纵这件事，但是即便我回想这件事，我也只会将它看成这样一件往事：是一连串不可避免事件的不幸后果。我从来就没有想过一个人可以蒙骗五千万观众——犹如孤身撬保险箱的盗贼。

"他是如何做到这一点的呢？"我过了一会儿才问道。

“他只不过钻了空子罢了。”

“那他怎么没被抓起来呢？”

“他们没有证据。老兄，他是一个绝顶聪明的家伙。”

我坚持付账。当侍者给我送来找零的钱时，我正好瞥见了汤姆·布坎南端坐在拥挤餐厅的另一边。

“跟我过去一下，”我说，“我得去向一个人打声招呼。”

汤姆一看见我们就跳了起来，三步并作两步朝我们走来。

“你最近去什么地方了？”汤姆急切地问道，“连电话都不打一个，黛西简直都要气疯了。”

“布坎南先生，这位是盖茨比先生。”

他们象征性地握了握手，盖茨比的脸上流露出一种不常见的、局促不安的表情。

“你最近到底过得咋样？”汤姆追问道，“你怎么会跑到这么远的地方来吃饭呢？”

“我是和盖茨比先生一起来吃午饭的。”

我转身去看盖茨比先生，但他已经踪影全无了。

1917年10月的某一天。（我与盖茨比先生共进午餐后的那天下午，乔丹·贝克腰板挺直地坐在广场饭店茶室里一张靠背笔直的座椅上，向我说起了往事。）——那天我正从某地赶往另一个地方。我一会儿走在人行道上，一会儿漫步在草坪上。我更喜欢走在草坪上的感觉，因为那天我穿了一双从英国进口的鞋子，鞋底布满橡胶颗粒，走在柔软的草地上更加舒适。我还穿了一条新的方格花纹裙，每当裙摆随风而动时，家家户户门

前悬挂的红、白、蓝色的彩旗也就不情愿地舒展开来，发出
"啧——啧——啧——"的声响，颇有点不甚舒心的意思。

旗面最宽、草坪面积最大处的那栋房子就是黛西·费伊的
家。她那时刚满十八岁，比我大两岁，是路易斯维尔这个地方
的年轻小姐中最拉风的一位。她穿着白色的时装，开一辆白色
的轻型跑车。她家里的电话一天到晚总是响个不停，泰勒军营
的那些青年军官们总是希望哪天晚上能单独与她约会。"无论如
何给一个小时的时间吧。"

那天上午我走到她家对面时，她的那辆白色跑车就停在路
边，她跟一位我素未谋面的陆军中尉坐在车里。他俩将全部精
力都放在了对方身上，直到我走到离他们只有五英尺的距离时，
她才看见了我。

"你好，乔丹，"她惊讶地打招呼道，"请过来一下。"

她愿意与我交谈，我感到有点受宠若惊，因为在我认识的
所有年纪比我大的女孩子当中，我最仰慕她。她问我是否正要
到红十字会去学习战地救护，我说正是。接着，她问我能否给
她捎个口信，就说那天她有事不能去了。那位军官在黛西说话
时紧盯住她不放，我想每一个年轻的姑娘都暗自希望男人用这
种眼神来看自己。因为我觉得这种场景非常浪漫，所以至今我
还记忆犹新。那位年轻军官的名字叫杰伊·盖茨比，从那以后
有四年多的光阴我再也没有见过他——甚至上次在长岛我再次
见到他时，都没有把他给认出来。

那事发生在1917年。到了第二年，我自己也有了几个追求
我的男朋友，而且我也开始参加锦标赛了，所以很少有机会和

黛西碰面。她总是愿意与比她年纪大的人交往——如果说她还跟谁交往的话。有关她的流言飞语满天飞——如她母亲如何在一个冬天的夜晚发现她偷偷收拾行装，准备到纽约去跟某位即将远赴海外的军官告别。她被家人拦了下来，可是事后她一连几个星期都不和家里人搭腔。从那件事之后她就不再和军官厮混了，只与城里几个参军无望的平脚板、近视眼的年轻人交往。

隔年秋天，她情绪好转，和以前一样快乐。大战结束后，她举办了首次进入社交界的舞会。二月份，她和一个来自新奥尔良的男人订婚，而在六月份，她就跟芝加哥的汤姆·布坎南结了婚，其婚礼之隆重与奢华在路易斯维尔前所未闻。新郎带着百十号人，包了四节车厢前来参加婚礼，又租下了莫尔巴赫饭店整个一层楼。在婚礼的前一天，他送给她一串售价达35万美元的珍珠项链。

我是黛西的伴娘之一。在婚宴开始前我来到她的闺房，发现她身着绣花新娘装，正和衣躺在床上，犹如仲夏夜的精灵般可爱，但却像酒鬼般烂醉如泥。她一只手紧攥着一瓶法国产苏特恩白葡萄酒，另一只手握着一封信。

"恭……喜我呀，"她嘴里咕哝着，"以前从未喝过酒，哦，今天可真是喝得痛快。"

"黛西，怎么回事？"

我被吓傻了。说真的，我以前从未见过一个女孩子醉成这副模样。

"给你这个，亲爱的。"她在拿到床上的废纸篓里胡乱摸了一会，掏出了那串珍珠项链。

"将它拿下楼去，该给谁就给谁。告诉他们黛西改主意了。就说：'黛西改主意了！'"

她开始痛哭起来，而且哭个没完。我冲出房去找到她母亲的贴身女佣，我们两个人一起锁上房门，给她洗了个冷水澡。她一直紧紧地攥着那封信不肯松手，就这样将它带到了浴缸里，捏成了一个混漉漉的纸团。直到她看到那封信碎成像雪花般的纸屑，才松手让我接过去放在了肥皂盘中。

此后她再也不发一言。我们给她闻了阿摩尼亚精油，又将冰块敷在她额头上，然后又哄着她穿上嫁衣。半小时后，当我们走出房间时，那串珍珠项链已经戴在她的脖子上，这场风波总算平息了。第二天下午五点钟，她没事人似的与汤姆·布坎南完了婚，然后开始了长达三个月的南太平洋蜜月旅行。

他们旅行归来之后，我在加州的圣巴巴拉又见到了他们夫妇俩，我觉得我从来没有见过有另一个女人对她的丈夫如此迷恋不舍。如果他离开房间哪怕一小会儿，她就会心神不宁地四下张望，口里还不住地问："汤姆上哪儿去了？"活脱脱一副失魂落魄的模样，直到看见他出现在门口。她常常在沙滩上一坐个把小时，将他的头枕在她膝盖上，用手指轻轻地摩挲着他的眼睛，爱抚着他的双眸充盈着深不可测的柔情蜜意。看到他俩缠绵在一起的场景真令人感动——会使你心驰神往，轻轻地会心一笑。

那是 8 月间发生的事情。我离开圣巴巴拉一个星期后，一天晚上汤姆驾车在文图拉公路上与一辆货车相撞，他的车被撞飞了一只前轮。与他同车的一个年轻女郎也上了报纸的社会新闻版，因为她的一条胳膊被碰折了——她是圣巴巴拉饭店里一个打扫客房的女服务员。

第二年4月，黛西生了个女儿，随后他们一家到法国去待了一年。那年春天我在夏纳见到了他们，后来在多维尔又碰到过，再往后他们就回到芝加哥定居下来。黛西在芝加哥很有人缘，这一点你心里也很清楚。他们和一帮纨袴子弟交往密切，这帮人正值当玩的年纪，富有而又举止放荡。但她与他们厮混在一起却并没有玷污自己的名声，则可能是她不沾酒的缘故。混迹于酒鬼之中而能做到滴酒不沾，这种人确实能占到很大的便宜。你可以管住自己的嘴，更重要的是，趁其他的人喝得酩酊大醉的时候，你稍微搞点小动作也无所谓，因为那时他们醉得要么视而不见，要么毫不在乎。也许黛西从没同他们搞过什么风流韵事，但她的话里话外……

嗯，大约在六个星期之前，她多年来第一次听到有人提及盖茨比的名字。就是那次我问你——你还记得吧？——是否认识西半岛的盖茨比。你回家后，她溜进我的房间将我叫醒，问我："你说的是哪个盖茨比？"我半睡半醒，将他描述了一番。她听完之后，怪腔怪调地说，他一定是她过去认识的那个男人。直到那时，我才把这个盖茨比与当年坐在她白色跑车里的那个军官联系起来。

等到乔丹·贝克把上面这段故事讲完，我们离开广场饭店已经有半个小时，正乘着一辆维多利亚马车①穿过中央公园。此时太阳已被西五十大街上的高层住宅楼遮住，那是一些电影明星们的豪华住所。成群的孩童像草地上的蟋蟀一样聚集在一起，他们清脆的童音回荡在暮色苍茫的闷热空气中：

> 我是阿拉伯半岛的酋长，
> 你的爱情在我心上。
> 深夜当你香甜入睡，
> 我悄悄溜进你的帐房。

"这真是一种奇怪的巧合。"我说道。

"这根本就不是什么巧合。"

"为什么不是呢？"

"盖茨比之所以买下那栋别墅，就是因为黛西住在海湾的对面呀。"

这么说来，那个6月的夜晚，他抬头仰望的就不仅是天上的繁星了。他的形象一下子从那毫无意义的寄生生活中脱胎出来，鲜活地浮现在我的眼前。

"他想知道，"乔丹继续说，"你是否愿意哪天下午请黛西去你住的地方，然后让他也过来问候一下。"

这个请求如此不起眼，我不禁感到十分诧异。他已经苦等了五个年头，又买下一栋豪宅，且放纵那些在星光之夜肆意糟

---

① 一种双座四轮折篷马车——译者注。

踏他的财富的"蛀虫"——图的就是自己能够在某天下午到一个不相干人的花园里来"问候一下"？

"他托我办这么点小事情，有必要告诉我这事情的来龙去脉吗？"

"他只是有点心虚，他已经等待了太久了。他怕你有被冒犯的感觉。你明白吧，在这一切表象下，他其实是一个固执己见的人。"

我还是有些疑虑。

"他为什么不请你安排一次见面呢？"

"他要让她看看他的别墅，"她解释道，"你的房子不是正好就在他别墅的隔壁嘛。"

"噢！"

"我猜想他原本期望她在哪天晚上会不请自来，参加他举办的晚会，"乔丹接着说，"可是她始终没有去过。后来他装着漫不经心地问人们是否认识她，而我就是他找到的第一个人。就是在舞会上他派人去请我的那天晚上，可惜你没听到他是如何东扯西拉，最后才切入正题的。我当场建议安排他们在纽约城里共进午餐——我想他立马就疯掉了。"

"我不想做太过招摇的事！"他喋喋不休地说，"我只想在我家隔壁见她一面就行。"

"后来我提醒他说你是汤姆一个特别要好的朋友，他又犹豫着想放弃整个计划。他不怎么了解汤姆是个什么样的人，尽管他说多年来他一直在看一份芝加哥报纸，希望碰巧能得知黛西的某些个人信息。"

天已经黑了下来，我们的马车经过一座小桥下面，我伸出手臂揽住乔丹晒成铜褐色的肩膀，将她拉近我的身旁，请她与我一起共进晚餐。刹那间，我不再去想黛西和盖茨比之间的感情纠葛，脑海里只有这个清爽、健壮而思维有些狭隘的女人，她对世界上发生的一切都抱有一种怀疑的态度，而她此刻却一脸幸福状地依偎在我的臂弯里。此时此刻，一段令人荡气回肠的名言警句不由地在我耳边回响："尘世别无他人：要么被人追求，要么追求他人；要么忙忙碌碌，要么疲惫不堪。"

"黛西在生活中应该得到一点感情补偿。"乔丹在我耳边喃喃说道。

"她想见盖茨比吗?"

"她还完全被蒙在鼓里呢。盖茨比不想让她知道这其中的奥秘。你只要邀请她到你家喝茶就万事大吉了。"

我们的马车穿过一处黑黢黢的树林，来到了第 59 大街正面，一片微弱柔和的灯光映照着幽静的中央公园。与盖茨比和汤姆·布坎南不一样，我没有情人，自然不会有哪位姑娘的虚幻面孔隐约浮现在那些漆黑的飞檐或者光亮的广告牌上。于是我将身边的这位姑娘拉得更近一些，搂得更紧一些。她那苍白的嘴角显露出一丝嘲弄的笑意，我将她的身子搂得更紧了，直至紧贴我的脸颊。

# 第五章

毕竟时光流逝已近五年了！即便是在这天下午，也一定有某种时刻，黛西远不如他梦想中那么纯美无瑕——这不是黛西的错，而是他的梦想过于虚无缥缈。这种梦想已超出了她本身，超越了尘世间的万事万物。他以一种创造性的激情编织着这个梦想，用每一根凭空飘来的羽毛去装饰它，即便是火热的炽情或新鲜的感觉也难以匹配无所羁绊心境所浮现出的虚幻影像。

那天夜里当我返回西半岛时，有那么一会儿我担心是我的房子着火了。当时已是凌晨两点，但远远望去半岛的整个一角亮得如同白昼，亮光照在灌木丛上若有若无，映照在路旁的电线上拖曳出一条条细长的光亮。车子转了个弯，我才发现光源来自盖茨比的别墅，从塔楼到地窖呈现出一派灯火通明。

起初我以为他又在开家庭晚会，只不过又是一次放纵的狂欢，大家将整个别墅作为寻欢作乐的场所，正在玩"捉迷藏"或"罐头沙丁鱼"之类的游戏。但别墅内却寂静无声，只有树丛中的风声"嗖嗖"作响，风抖动着电线，灯光忽明忽暗，好像整栋别墅在风中眨巴着眼睛。当我乘坐的出租车哼唧着离去的时候，我瞅见盖茨比穿过他家的草坪向我走来。

"你家看上去像在举办世界博览会。"我说。

"是吗？"他心不在焉地回头看了一眼，"我刚才到几间房间里去瞧了瞧。咱俩一起到康尼岛去玩一下吧，老兄。坐我的车去。"

"时间太晚了。"

"要不然，下游泳池泡泡？我整个夏天还没有下去过一次呢。"

"我想休息了。"

"那好吧。"

他踌躇着，目光注视着我，极力抑制住急迫的心情。

"我和贝达克小姐谈过了，"过了一会儿我对他说道，"我明天就给黛西打电话，请她过来喝茶。"

"哦，那行吧，"他故作轻松地说道，"我只是希望别给你添太多麻烦。"

"哪天对你合适呢？"

"哪天对你合适？"他立马纠正我道，"我不想给你惹麻烦，你知道的。"

"那后天怎么样？"

他思考了一会儿，然后勉强地说道："我想先让人把草坪修

整一下。"

我俩都低头看了一下脚底的草地——两家的两块草坪之间有一条泾渭分明的分界线，我家这边的草坪草长得参差不齐，而他家的那一大片草坪草长得郁郁葱葱，修剪得齐齐整整的。我猜想他指的是我家的草坪。

"还有一件小事。"他说话的口气吞吞吐吐，显得有些迟疑未决。

"你是不是希望再往后推迟几天？"我问道。

"哦，跟这个没关系。至少……"他谨慎地选择着措辞，"呃，我想……呃，我说，老兄，你钱挣得不多，是吧？"

"不太多。"

这句答语似乎使他吃了一颗定心丸，他说话的语气显得更有自信了。

"我猜想你挣得也不多，如果你不介意的话——你看，我正附带在做点小生意，搞点副业，你明白的。我想既然你挣钱不多——你在推销债券，是吧，老兄？"

"我正试着在做。"

"那么，你也许会对我提的这事感兴趣。它不会花费你太多的时间，但你或许可以挣到一大笔钱。不过这是一桩相当机密的生意。"

我现在才意识到，如果语境不同，那次谈话可能是我人生中重要的转折点之一。但是，因为他的这个提议说得太露骨，毫无技巧可言，明摆着是为了答谢我提供的帮助，我别无选择，只能立即打断他的话。

"我手头的事多得忙不过来，"我说，"非常感谢你，可是我不可能再接更多的活了。"

"你用不着和沃尔夫山姆打任何交道的。"显然他以为我在刻意回避午餐时提到的那种"关系"，但我肯定地告诉他，是他误会了我的意思。他又逗留了一会儿，希望我再与他聊聊别的话题，但我却全无心思，不愿再搭理他，他只好怏怏地回家去了。

那天傍晚的经历使我心情愉悦，有点飘飘然的感觉。我猜想我一脚踏进门槛就倒头酣然入梦了，因此我全然不知当晚盖茨比是否去了康尼岛，抑或他是否在彻夜未熄的灯光中花费了多少个小时又到"几间房间里去瞧了瞧"。

第二天早晨，我在办公室给黛西打了个电话，请她在约定的时间到我家喝茶。

"别带汤姆来。"我提醒她。

"什么？"

"别带汤姆。"

"'汤姆'是谁？"她可爱地装着糊涂。

约定的那天下起了倾盆大雨。上午十一点钟，一个男工身披雨衣，拖着一台割草机来敲我家大门，说是盖茨比先生派他过来修整草坪的。这件事提醒了我，应该叫我那芬兰女佣过来帮忙。于是我就开车去西半岛村，在湿漉漉、两边是白石灰墙的里巷中找到她，同时又买了一些茶杯、柠檬和鲜花。

鲜花是多余买的，因为下午两点钟，从盖茨比家中送来了足够摆一温室的鲜花，以及数不清的插花容器。一个小时后，我家大门神秘兮兮地被人推开，盖茨比身穿一件白色法兰绒西装，配衬着银色衬衫，金色领带，慌慌张张地跑了进来。他脸色煞白，眼圈发黑，显见一夜未眠。

"一切都准备好了吗？"他进门便迫不及待地问道。

"草坪看上去很漂亮，如果你指的是它的话。"

"什么草坪？"他茫然地问道，"哦，你院子里的草坪。"他透过窗子向外瞧，可是根据他的面部表情来判断，我敢肯定他什么也没看见。

"看上去不错，"他含混地说道，"报纸上说雨在四点左右会停下来，大概是《纽约日报》吧。喝——喝茶所需的家什都备齐了吗？"

我将他引进餐具室，在那里他用挑剔的目光将芬兰女佣审视了一番。我们一起把从食品店买来的十二块柠檬蛋糕仔细地检查了一遍。

"这样行吗？"我问道。

"当然行，当然行！真不错！"接着又虚情假意地来了一句，"……老兄！"

3点半钟左右雨逐渐停了下来，变成了潮湿的雾气，不时还有少许雨滴如露水般在雾中游离。盖茨比有眼无心地翻阅着一本克莱所著的《经济学》，每当芬兰女佣的脚步踏响厨房的地板时，他就不由地一惊，并且时不时地朝着模糊不清的窗外张望，仿佛一连串看不见但却令人警觉的事件正在外面上演着似的。最后，他站起身来，用犹豫不决的口吻告诉我，他要回家了。

"为什么要走呢？"

"不会有人来喝茶啦，时间太晚了!"他看了看手表，仿佛别处还有紧要的事情等着他去处理似的。"我不能将一整天的时间耗在这里。"

"别犯傻了，四点还差两分钟呢。"

他可怜兮兮地坐下身来，好像是我强迫他坐下似的。恰在此时，传来一辆车子转上我家便道的声音。我俩不约而同地跳起身来，我略带烦心地朝院子里奔去。

在一排滴着雨水、花瓣全无的丁香树下，一辆加长的敞篷汽车沿着行车道开了过来。车子停住了，黛西头戴一顶三角形的浅紫色女帽，脸侧向我，笑容可掬、欣喜万分地盯着我瞧。

"这儿真的就是你住的地方吗，我最亲爱的?"

她那迷人的、犹如细浪般起伏的嗓音在雨水中听上去别有一番韵味，我必须先用耳倾听她那抑扬顿挫的音律，然后才能用脑去弄明白她所说话的含义。一缕湿漉漉的头发贴在她的面颊上，仿佛抹上了一笔蓝色的颜料。我搀扶她下车时，发觉她的手也被晶莹的雨珠给打湿了。

"你是爱上我了吗，"她对我耳语道，"否则为什么非要我孤身赴约呢?"

"那是雷克兰特古堡①中的秘密。叫你的司机到别处逛逛，一个小时后再来接你。"

"弗迪，过一个小时再到这里来接我。"然后她又一本正经

---

① 英国 18 世纪女小说家埃奇沃斯所著同名恐怖小说的故事发生地——译者注。

地对我低声说，"他的名字叫弗迪。"

"他的鼻子嗅不得汽油味吗？"

"没这回事，"她天真无邪地问道，"你为什么这么认为呢？"

我们走进房子里，使我颇为吃惊的是客厅里竟然空无一人。

"哎，这事真滑稽。"我大声喊道。

"什么事滑稽？"

正在此时，有人在大门上庄重地敲了一下，黛西扭头去看，我走出客厅，打开大门。敲门者原来是盖茨比。只见他脸色苍白，两只手犹如重物般插在上衣口袋里。他两只脚踏在一摊水里，神色凄怜地紧盯住我的双眼。

他大步从我身边走过，进了门厅，双手依旧插在口袋里，动作僵硬得犹如牵线木偶，一下子就钻进客厅不见了踪影。这场景可不是单用"滑稽"一词就可以解释得通的。我感觉到自己的心在怦怦地跳个不停。外面的雨又下大了，我伸手将大门关上。

有半分钟的功夫，房内鸦雀无声。然后我听到从客厅里传来一阵哽咽似的低语声，间或伴有笑声，接着传来的就是黛西那脆亮而做作的嗓音：

"能再见到你，我真是太高兴了。"

紧接着又是一阵沉寂，时间长得令人心生恐怖。我在门厅里无所适从，只好硬着头皮走进客厅。

盖茨比正斜倚在壁炉架上，两只手仍然插在口袋里，勉力装出一副悠闲、甚至于倦怠的模样。他将头极力往后仰，直至碰到一台早已失去计时功能的大座钟的钟罩上。倚仗着这种姿势，他用那双神情迷惘的眼睛向下凝视着黛西，而她则端坐在一张硬背靠椅的边缘上，稍显惊色，姿态仍很优雅。

"我们以前见过面。"盖茨比口中咕哝了一句。他瞥了我一眼，嘴角撇了撇，想笑又没有笑出来。幸好此时那台座钟承受不住他头部的压力晃动起来，摇摇欲坠，他连忙转过身去，用颤抖的双手将钟抓住，扶正至原处。然后他略显拘谨地坐了下来，将一只胳膊肘放在沙发的扶手上，单手托住下巴。

"对不起，碰到钟了。"他道歉说。

我的脸此时也涨得通红，像被热带的阳光炙烤过的一样。我脑子里纵有千百句应酬语，此时也一句话也道不出来。

"只不过是一座破钟罢了。"我近乎白痴般的对他俩说道。

我心中暗自思忖道，有那么一会儿功夫，我们三人都认为那座钟已在地板上摔得粉身碎骨了。

"我们已经多年未见了。"黛西开口道，语气尽量显得像陈述事实般平淡无味。

"到十一月份就整整五年了。"

盖茨比不假思索的回答至少使我们又愣住了一分钟。情急之中，我提议他们帮我到厨房去准备茶点。两人都已经站起身来，可就在此时那个可恶的芬兰女佣用托盘将茶点端进了客厅。

大家忙着端茶杯、递蛋糕，经过一番如释重负的手忙脚乱之后，三人又恢复到彬彬有礼的表面状态。盖茨比坐到客厅里一个不显眼处，当我跟黛西东扯西拉时，他的目光在我俩之间来回穿梭，神情紧张，眼神忧郁。然而，故作镇静可不是这次喝茶的目的，于是一逮到机会，我就找了个借口，站起身来准备离开客厅。

"你要去哪儿?"盖茨比立刻警觉地问道。

"我去去就回来。"

"你走以前,我要跟你说几句话。"

他不顾一切地跟着我走进厨房,关上门,可怜兮兮地低声喊道:"哦,上帝啊!"

"怎么了?"

"这是一个可怕的错误,"他摇晃着脑袋说,"一个天大的错误。"

"你不过是觉得尴尬罢了,没什么。"我够聪明,又补了一句,"黛西也有点尴尬。"

"她尴尬了吗?"他不太相信地重复我的话。

"和你一样尴尬。"

"别说得那么大声。"

"你表现得像个小男孩,"我不耐烦地指责他说,"不仅如此,你举止还很粗鲁,让黛西一个人孤零零地呆在客厅里。"

他抬起一只手示意我闭嘴,用一种绝不原谅的眼神瞪了我一眼,轻手轻脚地将门打开,返回了客厅。

我从后门来到户外——半小时之前盖茨比就是从此门溜了出去,神经质地绕着房子转了一圈——奔向一棵又黑又粗、长满节瘤的大树,其繁茂的枝叶如防水布般挡住了雨水。这时雨又下大了,我那不成形的草坪,虽然经过盖茨比家园丁的精心修整,现在却仍然布满了泥坑,好像史前的沼泽了。从树底下望出去,除了盖茨比宽大的别墅外,别无可观的景致,于是我呆呆地盯着它瞧了足有半个钟头，犹如康德盯着观望他的教堂尖塔般全神贯注。这栋别墅是十年前一个酿酒商在追求"乡野热"时期建造的，据说他允诺为相邻所有的别墅支付五年的税款，条件是各位业主同意将别墅改造成"稻草屋顶"。或许是他们的一致拒绝使他"统一家居"计划受到了致命的打击——他很快就一命呜呼了。大门上还挂着志哀的黑色花环，他的子女就迫不及待地将别墅卖掉了。美国人虽然心甘情愿、甚至迫不及待地去打工服苦役，可是一向是坚决不愿当乡巴佬的。

半小时后，太阳又露面了，食品店的送货车绕上盖茨比家的私人车道，送来他家佣人做晚餐用的食材——我敢肯定他会完全没有食欲。一个女佣开始打开别墅楼上那一排窗户，在每扇打开的窗前短暂地露露真容，然后，从正中的凸窗处探出身子，故作镇静状地朝花园里吐了一口痰。我该回房去了。当雨还在下个不停的时候，其淅淅沥沥声犹如他俩的窃窃私语声，而偶至的急风骤雨声则象征着他俩情感的间歇性迸发。但当户外归于平静后，我预感户内亦应该"风平浪静"了。

我走进屋子——在厨房里尽可能大的弄出声响，只差将炉子掀翻在地了——但我相信他俩对此充耳未闻。他们两人各自端坐在沙发的一端，目不转睛地瞧着对方，貌似向对方提出了什么问题，或是正准备向对方问什么问题，而彼此间毫无窘迫之感。黛西已是满脸泪水，我一进去，她就跳起身来，对着镜子用手绢擦着脸。但盖茨比的表情却发生了令人预想不到的变化，简直可称得上是容光焕发，虽然他不发一言，连一个高兴的姿态也没有，但是他身上散发出的那种喜气劲儿，充盈了这间小小的客厅。

"哦,你好呀,老兄,"他打招呼道,仿佛他有好多年未见到我似的,有一会儿我以为他要和我握手哩。

"雨已经停了。"

"是吗?"等他弄明白我话的意思,又发现客厅里有一缕缕阳光时,他像一个气象员,又像一个欣喜若狂的光明守护神似的露出笑容,将此消息转告给黛西:"你觉得如何?雨已经停了。"

"我很高兴,杰伊。"她的嗓音充盈着痛楚、哀婉之美,而显露出来的仅是她的意外之喜而已。

"我想邀请你和黛西一起到我家坐坐,"他说道,"我想带她四处转转。"

"你真的想要我一起去吗?"

"当然了,老兄。"

黛西上楼去擦把脸——我羞愧地想起了我那不太拿得出手的毛巾,可惜已是于事无补了——盖茨比和我在草坪上等她。

"我的别墅很漂亮,不是吗?"他问道,"瞧,正面全都布满了阳光。"

我赞道房子确实够漂亮。

"是呀,"他的目光掠过了别墅的每一扇拱门,每一座方塔,"我只花三年时间就挣够了买这栋别墅的房款。"

"我还以为你的钱是继承来的呢。"

"我的确继承了一笔遗产,老兄,"他不假思索地回答道,"但是那笔钱在大恐慌时期让我损失了一大半,就是战争引起的那次大恐慌。"

我想他本人也不清楚他在说些什么，因为当我询问他做的是什么生意时，他含混地回答道："那是我自己的事。"话刚说出口他就意识到这个回答不甚妥当。

"哦，我做过好几种买卖呢，"他改口说，"我做过药品生意，做过石油生意，但是这两种生意我现在都不做了。"他颇有意蕴地紧盯住我，"这么说你考虑过那天晚上我提起的那件事了？"

我还没来得及回答，黛西就从房子里走了出来，她上衣上的两排铜纽扣在阳光中闪闪发亮。

"是那边的那栋大别墅吗？"她用手指着那栋房子大声问道。

"你喜欢吗？"

"非常喜欢，但我不明白你为什么一个人要住那么大的一栋别墅。"

"我在家里不分昼夜款待一些有意思的人，开展一些有趣的活动，登门的都是些社会名流。"

我们没有沿海湾抄近路过去，而是绕到大道上，从宽大的后门处走了进去。一路上黛西用她那低沉迷人的嗓音赞美着呈现在眼前的非凡景象：蓝天白云映衬下这座仿中世纪古堡的典雅轮廓，花园中长寿花四溢的芳香，山楂花和洋李花的淡雅香以及"吻别花"的清香。而当我们走到大理石铺砌的台阶前，居然没有看到身着华丽服饰的人们出入大门，而且除了树上鸟儿的啁啾声外，别无其他声响，不免使人有一种时空倒错的奇怪感觉。

　　进入别墅内部，我们信步穿过一排玛丽·安托瓦内特①式的音乐室和王政复辟时期②风格的小客厅。我似乎感到在每张沙发和桌子后面都潜藏着来客，他们奉命屏息不语，默默地等我们走过。当盖茨比随手带上"默顿学院图书室"的门时，我敢发誓我似乎听到了那个戴猫头鹰眼镜的男人所发出的如幽灵般的笑声。

　　我们登上楼，穿过一间间古色古香的卧室，床上满铺着玫瑰色和淡紫色、绣着鲜艳花朵图案的绸缎被褥；穿过一间间梳妆室和台球室，以及带凹式浴池的浴室。我们还冒失走进了一间卧室，看见里面有一个人，身穿睡衣，不修边幅，正在地板上做着俯卧撑运动。他正是"寄宿生"克利普斯林格先生。那天早上我还看到他饥肠辘辘地在海滩上闲荡。最后我们来到盖茨比起居的套房，包括一间卧室、一间浴室和一间亚当式③书房。我们在书房里坐下，喝了一杯他从壁橱里取出来的察吐士酒④。

　　他始终观察着黛西的表情，我想他是根据别墅里每件物品

───────────

　　①　玛丽·安托瓦内特生卒年：1755—1793，法王路易十六的王后，神圣罗马帝国皇帝弗兰西斯一世之女，勾结奥地利干涉法国革命，被抓获交付革命法庭审判，处死于断头台——译者注。

　　②　此处指1660—1685年英王查理二世在位或1660—1688年查理二世和詹姆斯二世在位的王政复辟时期——译者注。

　　③　指18世纪英国罗伯特·亚当和詹姆斯·亚当兄弟俩的一种精细的艺术设计风格——译者注。

　　④　原由加尔都西会修士用芳香草和白兰地制成的酒，呈黄、绿或白色——译者注。

在她那双迷人眼睛的反应来重新估量它们的价值。有时，他也神情迷惘地环顾四周，仿佛她本人令人意外的真身出现，使他拥有的这一切都变成了虚幻之物。有一次，他甚至差一点从楼梯上摔了下去。

他自己的卧室是别墅里全部卧室中最简朴的一间——只是梳妆台上却摆放着一套纯金的梳妆用品。黛西兴奋地拿起金梳梳理了一下秀发，惹得盖茨比坐下身，用手遮住眼睛笑了起来。

"这事真是太有趣了，老兄，"他的欣喜之情使他有点语无伦次。"我简直不能……当我试着……"

显而易见，他的情绪已经历了两种状况，现在正进入第三种状况。在经历了窘困不安和大喜若狂后，此刻又由于她出乎意料地出现在他家中而感到惊诧不已。这件事是他长期以来殚精竭虑、梦寐以求的，这么说吧，他怀着不可名状的热切心情，咬紧牙关期待着这一时刻的到来。而美梦成真后，他整个人却像紧过了头的钟表发条般松垮了下来。

不一会儿，恢复了常态的盖茨比当着我们的面打开了两个做工精致的特大衣橱，里面装满了他穿的西服、晨衣和领带，还有几堆码得有十几块砖头那么高的各式衬衣。

"我有一个人在英国替我选购衣服。每年春秋开季，他都会挑选一些衣服给我寄过来。"

他从中抱出一堆衬衣，开始一件件地扔在我们面前，面料有薄麻布的、厚丝绸的、细法兰绒的，全被抖散开来，五颜六色铺满了一桌子。我们正欣赏时，他又继续抱来更多质地柔软、色彩绚丽的衬衣，堆得愈来愈高——条纹的、卷纹的、方格纹的，珊瑚色的、苹果绿的、浅紫色的、淡橙色的，还有印着深蓝色组合字母图案的。忽然间，黛西抑制不住地哽咽了一声，将头埋进衬衣堆里，放声痛哭起来。

"这些衬衣真是太漂亮了，"她哽咽着说，嗓音在厚厚的衬衣堆里显得沉闷难听，"我看了心里很不是滋味，因为我从来没见过这么——这么好看的衬衣。"

看过别墅内部之后，我们本来还打算去欣赏庭院和室外游泳池、那架水上飞机和仲夏花园——但朝盖茨比家的窗外望去，天又下起雨来，因此我们三人就站成一排，远眺水波荡漾的海湾水面。

"如果不是有雾，从这里可以看见对面你家的房子，"盖茨比说，"你家码头的尽头总有一盏绿色的灯通宵不灭的亮着。"

黛西忽然伸出手臂挽住他的臂膀，但他似乎依然沉浸在他刚才的话所形成的意境之中，可能他忽然想到那盏灯对他的深刻喻意现在已经永远地逝去了。与将他和黛西隔开的遥远距离相比较，那盏灯曾经离她那么近，近到她几乎触手可及，就像星星和月亮之间的距离。现在它又重新变回了码头上的一盏普通绿灯，他人生为之神魂颠倒的宝贝又失去了一件。

我开始在房间内来回踱步，在昏暗的光线中仔细打量房内模糊不清的各种陈设。一张挂在他书桌上方墙上的放大照片吸引了我的注意力，照片上是一位身穿游艇服、上了些年纪的男人。

"这人是谁？"

"哪个人？那是丹·科迪先生，老兄。"

这个名字我听上去有点耳熟。

"他已经死去了，他多年前是我最要好的朋友。"

五斗橱上摆放着盖茨比本人的一张小照片，同样穿着一身游艇服——照片中的盖茨比昂着头，一副桀骜不驯的表情——显然是他十八岁左右时拍下的。

"我喜欢这张照片，"黛西大声嚷道，"瞧这大背头！你从未告诉过我你留过大背头发型，也没告诉我你有过一艘游艇。"

"瞧瞧这个，"盖茨比急忙打岔道，"这里有好多剪报，都是有关你的一些资料。"

他俩并肩站着看那些剪报。我正想要求欣赏一下他收藏的那些红宝石，电话铃响了，盖茨比拿起了话筒。

"是的……嗯，我现在说话不方便……现在不方便谈，老兄……我说的是一个小城镇……他应该明白小城镇的意思……行了，如果他认为底特律是一个小城镇，那他对我们就没有什么用处……"

他挂上了电话。

"到这里来，快呀！"黛西站在窗前大声喊道。

雨还在下着，可是西边的乌云已经散开，海湾上空漂浮着粉红色和金黄色的彩云。

"看看那些彩云，"她柔柔地说道，"我真想采下一朵粉红色的云彩，将你放在上面摇来摇去。"

这时，我想告辞回家了，可是他们无论如何也不放我走。或许有我在场他们可以更加心安理得地待在一起。

"我知道我们该干什么了，"盖茨比说，"我们让克利普斯普林格弹钢琴吧。"

他走到卧室外喊了一声"尤因",又过了几分钟才回来，身后跟着一个面带窘态、略显憔悴的年轻人，戴着一副玳瑁边眼镜，头顶上金黄色的头发稀稀疏疏的。这时他已经穿戴齐整，穿着一件圆领运动衫、一双轻便运动鞋和一条颜色已模糊不清的粗布裤子。

"我们刚才打扰您健身了吗?"黛西有礼貌地问道。

"我在睡觉，"克利普斯普林格先生难为情地大声说道，"我的意思是，我本来在睡觉，后来我起床了……"

"克利普斯普林格会弹钢琴，"盖茨比打断他的话说，"是不是，尤因老兄?"

"我弹得不好。我不会……我不怎么弹，我好久都没练……"

"我们到楼下去。"盖茨比打断了他的话。他轻轻地摁了一个开关，瞬间，灰白的窗户隐形了，整栋别墅灯火通明。

在音乐室内，盖茨比只打开了钢琴旁边的一盏落地台灯。他用火柴颤抖着为黛西点着了香烟，然后与她并肩坐在室内另一端的一张长沙发上，那里没有灯光，只有光滑的地板反射的大厅透进来的光亮。

克利普斯普林格弹完一曲《爱情之穴》后，在琴凳上转过身来，不甚乐意地朝着处在昏暗光线处的盖茨比张望着。

"你瞧，我的手法已完全生疏了。我告诉过你我弹不了，我好久都没练……"

"别说废话了，老兄，"盖茨比下命令道，"弹!"

> 每个清晨，
>
> 每天傍晚，
>
> 我们玩得尽兴欢畅……

户外大风刮得呼呼作响，海湾上空隐隐传来一阵雷声。整个西半岛此时已是一派灯火通明，从纽约城开出的电气火车满载返家的通勤者，在风雨中急速前行。这是人性发生深邃变化的关键时分，空气中弥漫着撩人心弦的激动情绪。

> 尘世唯有一件事不请自来，
>
> 富人生财，穷人生……小孩。
>
> 与此同时，
>
> 此时彼时……

当我走上前去与他告别的时候，我看到那种疑惑的表情重现在盖茨比的脸上，好像他有点怀疑眼前的幸福是否真实。毕竟时光流逝已近五年了！即便是在这天下午，也一定有某种时刻，黛西远不如他梦想中那么纯美无瑕——这不是黛西的错，而是他的梦想过于虚无缥缈。这种梦想已超出了她本身，超越了尘世间的万事万物。他以一种创造性的激情编织着这个梦想，用每一根凭空飘来的羽毛去装饰它，即便是火热的炽情或新鲜的感觉也难以匹配无所羁绊心境所浮现出的虚幻影像。

我注视着他，只见他调整了一下他的情绪，握住她的一只手。她在他身旁低语了一句，他激情勃发地转身面对着她。我想是她那富有韵律、温润热情的嗓音迷住了他，因为对男人而言，这不啻是梦寐难求的天籁之音——如此的嗓音本身就是一首永恒的歌。

他俩已视我为无物，黛西倒是抬起头来瞥了一眼，伸出她的另一只手；而盖茨比此刻都不知道我是谁了。我再一次看了看他们，他们也茫然地回头瞅了瞅我，眼神迷离，恍如隔世。于是我走出别墅，踏下大理石台阶，走进雨中，给他们留下私人空间。

# 第六章

"换作我，就不会对她提过分的要求，"我试探着说，"你无法让时光倒流。"

"无法让时光倒流？"他不以为然地大声喊了起来，"没这回事，事在人为！"

他狂躁地东张西望，仿佛"倒流的时光"就潜藏在别墅的某个阴影处，触手可及。

大概就在这段时间，一天早晨，一名胸怀大志的年轻记者从纽约城赶来，登门造访盖茨比，请他作一些说明。

"有关什么事情的说明？"盖茨比客气地问道。

"呃——就是发表一个声明。"

两人费劲地交谈了五分钟才弄清了事情的来龙去脉：原来这位记者在报馆中听到有人提到盖茨比的大名，至于为何提到他，此人不肯透露原因，或是他没听明白。这天恰逢他休息，于是他主动下来"看个究竟"。

这不过是一种"乱枪打鸟"的猎奇行为，但这个记者算是来对了。受惠于他的好客天性，成百上千到过他家的客人几乎都成了他过去经历的权威"信息源"，众口铄金的结果使盖茨比的名声在这个夏天越来越火，都快成为新闻人物了。当时的各种流言，如"通过加拿大的地下通道"之类的，都和他的姓名扯上了关系。还有一个经久不衰的谣言，说他根本没住在房子里，而是住在一艘貌似房子的船上，并且沿着长岛的海岸线神秘地来回游荡。但是，为什么北达科他州的詹姆斯·盖兹能从这种谣传中获得一种满足感，就说不清道不明了。

詹姆斯·盖兹——这就是他的真名实姓，至少是他法律上的姓名。他是在17岁时改名换姓的，而此时正是他一生事业的起始阶段——当时他看见丹·科迪先生的游艇在苏必利尔湖中一处暗藏风险的沙洲上抛锚停泊。那天下午，还叫詹姆斯·盖兹的他穿着一件破旧的绿色运动衫和一条帆布短裤在沙滩上闲逛。后来他向人借了一条划艇，划到"托洛美"号游艇旁去提醒科迪，半个小时之内可能会起狂风吹翻他的游艇，就在这时他已经摇身变为杰伊·盖茨比了。

我想早在那一时刻之前他就为自己起了这个名字。他的父母都是庸碌无能的庄稼人——在他的潜意识里，他从来没有真正承认过他们就是他的父母。实际上，隐居于长岛西半岛上的杰伊·盖茨比是他头脑中固有的柏拉图式理念的化身。他是上帝之子——这个称号，如果说有什么含义的话，就是它的字面含义——因此他必须投身于天父的事务，致力于追求一种泛众的、世俗的、浮夸的美。因此，他构想出一个十七岁男孩所能够想象的杰伊·盖茨比似的人物，并且终其一生地维护着这一形象。

有一年多时间，他混迹于苏必利尔湖南岸讨生活，或是挖哈蜊，或是捕鲑鱼，或是干任何能捞到手的活计以解决食住问题。在那些令人提气的日子里，他那晒得黝黑、愈加壮实的身体使他能够轻松地对付那些时而紧张时而懒散的工作。

他很早就摸透了女人的心思，而且因为女人宠爱他，反倒使他对女人有了鄙夷的想法。他瞧不起那些年轻的处女，认为她们浅薄无知；他也瞧不起别的女人，因为她们常常为了一些无谓的小事而歇斯底里地大发作，而出于他那惊世骇俗的自以为是的态度，那些事情在他看来都是顺理成章的。

但是，他的内心却一直处于一种躁动不安的状态。夜晚躺在床上的时候，各种稀奇古怪、荒诞不经的念头便向他袭来。一个无法言状的浮华世界浮现在他的脑海里，而陪伴在他身边的只有在洗脸架上滴答作响的闹钟，以及被他胡乱扔在地板上、如水般月光映照着的一堆衣服。每天晚上，他都会为这个虚构世界增添一些新的元素，直至浓浓的睡意悄没声地遮掩住某部分逼真的场景方才作罢。有一阵子，这些幻境为他超凡的想象力指明了路径：它们令人满意地暗示现实是不真实的，而世界的基石是牢牢地缚在天使的翅膀之上的。

为了博求一个更辉煌的前程，在此时的几个月前，他曾孤身前往明尼苏达州南部由路德教会举办的圣奥拉夫学院求学。

他在那儿只待了两个星期，一方面有感于学院对其如鼓声般起伏不定的命运，甚至对命运本身漠不关心，他感到十分伤心；另一方面又不屑于为了支付学费而去打杂，于是他离开了学院，游荡回了苏必利尔湖畔。那天他寻思找点什么活干的时候，碰上了丹·科迪的游艇停在了湖边的浅滩上。

科迪当年五十岁，他是自 1875 年以来每一次淘金热的获益者，从内华达州的银矿到加拿大的育空地区①的金矿都能发现他的踪迹。在蒙大拿州从事铜矿生意使他挣下了好几百万美元的身家。从那以后，他虽然身体依然壮实，脑子却开始犯糊涂，敏锐地观察到这一点，不计其数的女人想方设法从他身上捞钱。不太露骨的一则故事是一个名叫埃拉·凯的女记者利用他的这一弱点扮演了曼特农夫人②的角色，将他哄上了游艇遣出了海。这则奇闻逸事是 1902 年庸俗小报争相报道的花边新闻。他沿着近海海岸游荡了五年，命中注定他在少女湾偶遇了詹姆斯·盖兹。

对年轻的盖兹而言，当时将两只手支在船桨上，抬头凝望栏杆围住的甲板，这艘游艇象征着世间所有的美丽和魅力。我猜想他一定对科迪展露了微笑——他大概早已发现他的微笑很招人喜欢。至少科迪问了他几个问题（其中的一个问题使他有了一个全新的名字），发现他伶牙俐齿且抱负不凡。几天后科迪

---

①　加拿大西部一地区，19 世纪末发现金矿——译者注。

②　17 世纪法国国王路易十四的情妇，后来成为他的第二任王后——译者注。

带他去了德卢恩城①，给他买了一件蓝色外套、六条白帆布裤子和一顶游艇帽。当"托洛美"号起航开往西印度群岛和巴巴里海岸②时，盖茨比也跟着游艇走了。

他在艇上的雇员身份不甚明确，在科迪手下他依次做过服务生、大副、船长、私人秘书，甚至当过监管人，因为清醒时的科迪知道醉酒的科迪什么挥金如土的蠢事都干得出来，为防止此类意外事故的重演，他变得越来越依赖于盖茨比。这种安排持续了五年之久，在此期间这艘游艇绕着美洲大陆兜了三圈。这种绕行本可以无限期地持续下去，可是有一天晚上埃拉·凯在波士顿上了船，一个星期后，丹·科迪就莫名地死掉了。

我记得那张挂在盖茨比卧室墙壁上的他的照片，一个满头银发、面色红润的老人，面部线条坚毅而表情空虚——放荡的美国早期拓荒者的典型形象，正是这批人在美国社会生活的某个时期将西部边陲妓院和酒馆里的种种放荡不羁和野性暴力行径带回到东部沿海地区。间接地得益于科迪，盖茨比极少沾酒。有时在喧闹的聚会上，女人们会将香槟揉进他的头发里，但他却恪守自己的行为准则：对酒敬而远之。

他是从科迪那里继承了一笔钱——一笔二万五千美元的赠赠，但他一美分也没拿到手。他始终都没弄明白别人是用什么法律条文来对付他的，但几百万美元的剩余部分分文不剩地给了埃拉·凯。而他得到的只是独特而又恰逢其时的人生体验：

---

① 苏必利尔湖上的一个港口——译者注。
② 埃及以西的北非沿海地带，曾为海盗藏身之处——译者注。

从乳臭未干的杰伊·盖茨比蜕变成真正的男人。

这一切都是他很久之后才告诉我的，但我提前在这儿抖搂出来是为了驳斥之前那些有关他身世的流言飞语，全无半点依据。而且他告诉我的时间点十分关键，当时我处于十分迷惑的状态，对关于他的种种传闻将信将疑。所以我现在利用这个空当，就算让盖茨比有个喘息的机会，来澄清某些事实。

对我与他的交往而言，这也是一个短暂的空当时期，有好几个星期我既没有与他见面，也没有接听过他的电话——这段时间我大都用在陪乔丹在纽约四处闲逛，同时对她那年迈的姑妈极尽讨好之能事——不过最终在一个星期天的下午，我又去了他的别墅。我在他家待了不到两分钟，就有一个人将汤姆·布坎南带进别墅饮酒。我自然是大为惊诧，但真正令人感到惊讶的是布坎南竟然是初次登门拜访。

他们一行三人是骑着马来的——汤姆、一个名叫斯隆的男人和一个身穿棕色骑马装的漂亮女人，她显然以前来过盖茨比家。

"见到你们真是高兴，"盖茨比站在门廊里说，"欢迎你们光临寒舍。"

仿佛他们很在意主人的态度似的。

"请坐。是抽香烟呢，还是来根雪茄？"他在客厅里快步奔走着，忙着摁铃召唤佣人，"我马上让人送些饮料来。"

汤姆的到来完全出乎他的意料之外，他只好用殷勤的待客之道来掩饰他的困窘之态，因为他也隐约地感到他们此行的主要目的无非就是歇歇脚、喝点饮料而已。斯隆先生毫无所求。

喝杯柠檬水？不用客气，谢谢。那么来杯香槟？什么都不用，谢谢……对不起……

"你们一路上骑马玩得开心吧？"

"这一带的道路很适合骑行。"

"我想这路上的汽车……"

"是啊。"

出于一时难以抑制的冲动心情，盖茨比突然转身直接面对着汤姆，而后者稍前刚执过初次见面之礼。

"布坎南先生，我想我们以前在什么地方见过一次面。"

"哦，是的，"汤姆有些拘谨地应道，但显然对此事毫无记忆。"我们见过面，我记得十分清楚。"

"大约是在两个星期之前。"

"是啊，当时你和尼克在一起。"

"我认识您太太。"盖茨比继续说道，语气中带有一丝挑衅的味道。

"是吗？"

汤姆扭过头来问我："尼克，你是住在这附近吗？"

"就住在隔壁。"

"是吗？"

斯隆先生没有参与谈话，而是懒洋洋地仰靠在椅子上，那个女人也缄默无语——直到两杯掺了苏打水的威士忌喝下肚后，表情才生动起来。

"盖茨比先生，我们都来参加你下次举办的聚会，"她提议道，"你意下如何？"

"那当然好了。你们要是能光临，我就太高兴了。"

"就这样吧，"斯隆先生说，语气中竟无半点感激之意，"嗯——我想我们该上路回家了。"

"请先别急着走，"盖茨比挽留道。他现在已经能够控制自己的情绪，同时亦想有更多的机会了解汤姆本人。"你们为什么不——为什么不就留在这儿吃晚饭呢？说不定等会儿纽约还有一些别的客人会过来呢。"

"还是请您到我家吃晚餐吧，"那位太太热情地邀请道，"你们俩一起去。"

这其中也包括了我。

斯隆先生站起身来。"走吧。"他催促道，但这句话是对她一个人说的。

"我是诚心邀请你们的，"她坚持说，"我希望你们到我家去做客，我家有的是地方。"

盖茨比疑惑不决地望着我，他想去，但却没有看出斯隆先生已拿定主意不让他去。

"我想我恐怕去不了。"我婉拒道。

"那么，你去吧。"她怂恿道，将注意力倾注在盖茨比一人身上。

斯隆先生凑近她身边低语了几句。

"如果我们现在就出发，不会迟到的。"她大声坚持道。

"可我没有马呀，"盖茨比说，"我在军队里骑过马，但是我从来没有买过马。我只好开车跟你们去。对不起，请稍微等我一下。"

我们其他几个人走到外面的门廊里，在那里斯隆和那位太太开始了激烈的争吵。

"上帝啊，我想那家伙真的要去，"汤姆说，"难道他不明白她不是真的想要他去的吗？"

"她亲口说她想要他去的嘛。"

"她要举办的是一个大型的晚餐，而他却不认识一个出席的客人。"他皱着眉头说，"这事真怪，他到底是在哪儿认识黛西的？老天在上，可能是我的观念太陈旧了，可是这年头女人到处疯跑，我真是看不顺眼，难怪她们总是能遇上形形色色的奇怪家伙。"

忽然，斯隆先生和那位太太走下台阶，翻身上了马。

"快走，"斯隆先生对汤姆说，"我们已经晚了，得快赶路。"然后又对我说，"请你转告他我们等不及了，好吗？"

汤姆与我握手告别，其余的人彼此淡漠地点了点头，他们就沿着车道策马疾奔，很快就消失在八月浓郁的林荫里。而此时，盖茨比手里拿着帽子和一件薄薄的外套，正从大门里走出来。

显然，汤姆对黛西独自一人外出很不放心，因为随后的那个星期六的晚上，他陪同她一起参加了盖茨比举办的聚会。或许是由于他的出席，那次聚会的氛围格外的压抑，与那个夏天盖茨比举办的聚会风格迥异——它鲜明地留在了我的记忆中。客人还是那些同样的客人，或者至少是同一类的人，同样有喝不完的香槟，同样有形形色色、炫人耳目的欢闹场面，但我能够嗅到空气中的不安气息，感受到不和谐的噪音。或许是我原本对这一切已熟视无睹，习惯了将西半岛看成一个封闭完整的世界，有它自己的行事标准和风云人物，浑然忘我，特立独行。但现在我却要透过黛西的眼光去重新审视这一切，就难免有异样的感觉。要求人从新的视角去重新审视那些你已经花费了巨大的精力才适应的事物，无疑是十分难受的。

他们是在黄昏时分抵达盖茨比家的。随后，当我们混迹于几百位珠光宝气的来宾中间时，黛西又施展出她那套说话嗲声嗲气的看家本领。

"这儿的一切真使我兴奋，"她喃喃细语道，"今晚无论何时如果你想吻我，尼克，暗示我一下就行了，我会很乐意地给你机会的。喊我一声，或是出示一张绿色的卡片。我正在散发绿色的……"

"四处逛一下。"盖茨比建议道。

"我正在逛呢。我正在享受一个奇妙的……"

"你们一定见到了许多久闻其名的人物。"

汤姆睨视了人群一眼。

"我们平时不大与人交往，"他说，"事实上，刚才我还在想在场的人我一个都不认识。"

"也许你们认识那位女士，"盖茨比指向一位貌若天仙的女人，此时她正仪态万方地坐在一棵白梅树下。汤姆和黛西目不转睛地望着，眼睛里流露出一种迷幻的神情，他们认出来这是一位他们只在银幕上才得以一睹芳容的大电影明星。

"她真是可爱。"黛西赞道。

"那个朝她弓着腰的男人是她的导演。"

盖茨比礼节性地领着他们到一拨又一拨的客人中间，为他们作介绍。

"这位是布坎南夫人……这位是布坎南先生……"他稍微迟疑了一会儿，又补充道："马球运动员。"

"哦，不对，"汤姆匆忙反驳道，"我可不是。"

但是，盖茨比显然偏爱这一称谓，因为在那天晚上剩余的时间里，汤姆就一直是个"马球运动员"。

"我以前从来没见过这么多的社会名流，"黛西激动地说，"我喜欢那个男人……他叫什么名字？就是鼻子有点发紫的那位。"

盖茨比道出了那人的姓名，并说他只不过是一个小制片人。

"哦，那又怎么样？我就是喜欢他。"

"我宁愿不做什么马球运动员，"汤姆语带揶揄地说，"我情愿以……以一个无名之辈的身份在一旁静观这帮赫赫有名的人物。"

黛西和盖茨比结伴跳起了舞，我记得当时被他那优雅、老式的狐步舞姿惊呆了——在此之前我从未见他跳过舞。后来他俩偷闲到我家门口台阶上坐了半个小时，而我则应她的要求，在花园里给他俩望风。"以防发生火灾或是水灾，"她解释道，"或是其他各种天灾。"

当我们坐下来吃晚餐时，汤姆从他的"静观"处冒了出来。"如果我同那边几个人一起吃饭，你们不会介意吧?"他问道。"那边有个伙伴说起话来挺有趣的。"

"去吧，"黛西和颜悦色地答道，"如果你想记下什么人的地址，就用我这根金色的铅笔。"……过了一会儿，她朝四处张望了一下，对我说那个姑娘具有一种"俗气的美"，于是我明白除了跟盖茨比单独待在一起的那半个小时外，今晚她玩得并不开心。

与我们同桌的人嗜酒如命。这都是我的错——盖茨比被人叫去接电话了，而就在两星期前我同这帮人聚过，当时觉得挺惬意的，但时过境迁，当初我觉得有趣的东西，现在却变得索然寡味了。

"您感觉怎么样，贝达克小姐？"

被问候的年轻姑娘正徒劳地试图将身体倚靠在我的肩膀上。听闻此话后，她坐直身子，睁开了眼睛。

"怎么了？"

一个身材臃肿、神态懒散的妇人，先前一直在怂恿黛西明天到当地俱乐部与她一起打高尔夫球，此刻帮着贝达克小姐说话了。

"哦，她现在好多了。她每次只要喝上五六杯鸡尾酒，就会像那样大喊大叫的。我跟她说过别再喝了。"

"我是没再喝了。"遭责备的姑娘有气无力地辩解道。

"我们听到你在大喊大叫的，于是我就对希维特医生说：'医生，这里有人需要你的帮助。'"

"我相信她一定对你的好意心存感激，"另一位朋友心有不甘地说，"可是你后来把她的头按到游泳池水里的时候，把她的衣服全给弄湿了。"

"我最恨别人将我的头按到游泳池里去，"贝达克小姐嘟囔着说，"那一次他们在新泽西也这么干，差点没将我淹死。"

"既然这样，你就不该沾酒呀。"希维特医生驳斥她道。

"还是说说你自己吧！"贝达克小姐歇斯底里地喊道，"你的手总是发抖，我才不会让你给我动手术呢！"

现场的情景大致就是这样。我能够回忆起的最后一个场景是我和黛西站在一起，观察那位电影导演和他的那位大明星。他们依旧呆在那棵白梅树下，如果不是一丝微弱的月光透了过来，人们不禁要怀疑他们两人的脸都贴在一处了。他弓腰的姿态使我联想到为了达到目前的亲密状态，他整个夜晚都在做着不懈的努力。而就在此时刻，我看到他又将身子弓下去一分，吻到了她的脸颊。

"我喜欢她，"黛西说，"我觉得她真是可爱。"

但是，这儿其他的一切都使她反感——而且是毋庸置疑的，因为这不是一种行为上的扭捏作态，而是一种情感上的本能拒斥。她十分惧怕西半岛——这个由百老汇硬塞在一个长岛海村中的前所未闻的"乐园"——惧怕它那掩饰在旧式斯文表象下的原始生命张力；惧怕那炫人耳目的命运之神召唤园中的居民趋之若鹜地奔向成功的"捷径"，却最终落得黄粱一梦。她认为这种貌似简单的生存方式有其难解之处，因而对它怀有一种莫名的恐惧心理。

他们在等司机将车开过来时，我与他们一道坐在大门口的台阶上。四周一片漆黑，只有敞开的大门透射出约十平方英尺的光亮，融入黎明前柔和的夜色中。有时别墅楼上化妆间的遮帘上映照出一个晃动的人影，紧接着又一个人影接替了她的位置，女宾们正一个紧接一个地忙着在我们瞧不见的镜子面前补妆。

"这个盖茨比究竟是个什么样的人？"汤姆突然间问道，"一个大私酒走私犯吗？"

"你是在哪儿听说的？"我问他。

"我没听谁说，是我猜测的。你知道吗，很多这样的新暴发户都是私酒走私犯。"

"盖茨比不是这样的人。"我简短地说。

他沉默了片刻，车道上的鹅卵石在他脚底下嘎吱作响。

"唉，他肯定费了不少心思才将这帮乌合之众弄到了一起。"

一阵夜风吹动了黛西衣服上毛茸茸的灰色毛领。

"至少他们看上去比我们认识的人有趣得多。"她强打精神地说道。

"你看上去不是很感兴趣的样子嘛。"

"才不是呢，我很感兴趣呀。"

汤姆咧嘴一笑，将脸转向了我。

"当那个女孩请求黛西给她冲个冷水浴的时候，你有没有注意到黛西当时的表情？"

黛西此时随着音乐低声吟唱起来，嗓音沙哑而充满韵律，每句歌词都流露出前所未有、今后亦不会再有的蕴意。当旋律升高时，她那犹如女低音歌唱家般甜美的嗓音亦随之改变，而每一次变化都使周遭的空气中增加一丝她那温情的魅力。

"聚会中有许多人都是不请自来的，"黛西突然间说道，"那个姑娘就没被邀请。他们强行闯了进来，而他又太好面子，不好意思谢绝他们。"

"我就想弄清楚他是怎样的一个人，又是干什么的，"汤姆固执己见道，"并且我一定会查个水落石出。"

"我现在就可以告诉你，"她回答道，"他是开药店的，而且是连锁店。全是他一手创办起来的。"

此时，那辆期盼已久的豪华轿车缓缓地沿着车道开了过来。

"晚安，尼克。"黛西向我道别。

她的目光掠过我的头顶，朝着被灯光照亮的台阶顶层望去，敞开的大门处传来当年风靡一时的小华尔兹舞曲《凌晨三点钟》，音调美妙而略带伤感。毕竟，在盖茨比家表面显得轻松随意的聚会上，蕴含着浪漫的情愫，而这正是她生活的圈子中所匮乏的。那支曲子能有如此的魔力，能召唤她重返别墅吗？此时，在这晦暗难测的时刻，又会发生什么离奇的故事呢？可能会有一个最令人意外的嘉宾不期而至，一个人间罕有、令人惊羡的绝世佳人，在与盖茨比戏剧性碰面时不经意的惊鸿一瞥，就可以将他五年来念兹在兹的情感挂念消弥于无形之中。

那天我在别墅里一直呆到深夜时分，因为盖茨比要我等到他闲下来可以聊聊天。于是我就在花园里四处闲逛，一直等到那群惯于夜泳的客人从漆黑一片的海滩跑回别墅，身体发抖却精神亢奋；等到楼上客房的灯光渐次熄灭。终于，盖茨比走下了台阶，我发现他脸上晒得黝黑的皮肤比往常绷得更紧，双眼明亮而略显疲态。

"她不喜欢这个聚会。"他开门见山地说。

"她当然喜欢了。"

"她不喜欢，"他固执地说，"她玩得一点都不开心。"

他不再说话了，但我猜想他心中有一种说不出的郁闷。

"我感觉离她很遥远，"他说，"但很难使她理解这一点。"

"你是指舞会吗？"

"舞会？"他随手打了个响指，将他举办的所有舞会都一并勾销了，"老兄，舞会的事不值一提。"

他心中真正有求于黛西的莫过于她径直走到汤姆面前对他直言："我从来没有爱过你。"等她用这句话将他们过去四年的婚姻生活作一了断之后，他们就可以决定下一步需要采取的实际行动。其中之一就是：等她恢复了自由身之后，他俩就回到路易斯维尔，将她从家中迎娶过来——犹如五年前计划好的那样。

"但她不理解，"他说，"以前她是能够理解的。我们常常在一起一待就是几个小时……"

他突然闭口不言了，开始沿着一条废弃的小径踱来踱去，小径上丢满了果皮、无用的小礼物和破碎的残花，显得一派荒芜。

"换作我，就不会对她提过分的要求，"我试探着说，"你无法让时光倒流。"

"无法让时光倒流？"他不以为然地大声喊了起来，"没这回事，事在人为！"

他狂躁地东张西望，仿佛"倒流的时光"就潜藏在别墅的某个阴影处，触手可及。

"我要让这一切都重回旧轨,"他边说边坚定地点着头,"她就看好吧。"

他又絮絮叨叨地谈起了一堆往事,我揣测他似乎想从追忆中重新获得某种东西,也许是要找回他自身爱上黛西的某种念头。从那时以来,他的生活一直显得杂乱无章,但如果他能重新回归某一出发点,将所经历的一切缓慢地重新梳理一遍,或许他就能发现那是一件什么东西……

……五年前一个秋天的夜晚,他俩漫步在一条落叶纷飞的街道上,来到一处没有树木的地方,皎洁的月光洒满人行道。他们停下脚步,面对面站着。那是一个秋高气爽的夜晚,正值一年中季节交换的时刻,空气中弥漫着生命的神秘冲动气息。千家万户的静谧灯光与户外的夜色四合相得益彰,而天上的繁星亦不甘寂寞,纷纷登场。盖茨比用眼角的余光望过去,街两旁人行道边上的高楼仿佛构成一架向上的天梯,直达树梢之上的某个神秘之处——他是具有攀爬的身手的,如果他孤身攀爬,一旦登顶成功,他就可以尽情吮吸生命的乳汁,一口吞下那举世难觅的玉液琼浆。

当黛西白皙的脸蛋靠近他的脸庞时,他的心跳越来越快了。他心里明白,一旦他亲吻了这个姑娘,他对未来各种难以言状的美妙幻想就会在她短暂急促的喘息声中戛然而止,他的心灵就再也不会像上帝之心那般了无羁绊了。因此他等待着,希望在冥冥之中聆听到上帝的祝福之声。然后他吻了她。他的嘴唇一触碰到她,她就如花朵般朝他绽放了,于是幻想就变成了现实。

　　他所倾诉的这段往事，乃至于他那黯然神伤的表情，在我的记忆中引起了回响——很久以前我在什么地方听过的一首歌曲的模糊旋律和残缺歌词。有那么一会儿，一句话已到了我嘴边，我犹如哑巴般张开双唇，但无论如何努力，却发不出声音。就这样，我几乎已被唤醒的记忆却永远失去了表述的机会。

# 第七章

　　"她说话的语气很不谨慎，"我说道，"话音里充满了……"我迟疑着是否往下说。

　　"她话音中充满了金钱的味道。"他突兀地说道。

　　就在人们对盖茨比的好奇心达到顶点的时候，有一个星期六的晚上，他的别墅并没有像往常那样灯火通明——于是，他那特里马尔乔①式的生涯结束了，其开始和结束都显得有些无厘头。我逐渐察觉到那些乘兴而来的一辆辆小轿车，在其大门前的车道上稍作停留后，就一辆接一辆地败兴而归了。我担心他是否生病了，就登门去探望——一个满脸凶相的陌生男管家在

　　---

　　① 古罗马作家皮特罗尼斯作品《讽刺篇》中一个喜爱大宴宾客的暴发户——译者注。

大门口用怀疑的眼神斜视着我。

"盖茨比先生生病了吗?"

"没有,"停了一会他才慢吞吞、非常不情愿的补了一句"先生"。

"我有一阵子没见到他了,很担心他。告诉他卡拉韦先生来过。"

"谁?"他粗鲁地问道。

"卡拉韦。"

"卡拉韦。好吧,我会告诉他的。"

紧接着,他"砰"的一声使劲关上了大门。

后来,我的芬兰女佣告诉我,盖茨比早在一个星期前就辞退了家里的所有佣人,另外雇用了六个新佣人,这些人从来不去西半岛镇上购买东西,因而没有收过商贩们的好处,而是打电话订购一些适量的日常用品。据送货的食品店里的伙计说,他家的厨房看上去脏得像猪圈,而镇上的人都议论说这帮新雇来的人压根就不是什么佣人。

第二天,盖茨比给我打电话。

"准备出门吗?"我问道。

"没有,老兄。"

"我听说你将以前的佣人都辞掉了。"

"我想用些不会扯是非的人。黛西经常上我家来——通常都在下午。"

事情原来如此,由于黛西看不过眼,这座"大酒店"就像纸牌搭起的房子般坍塌了。

"他们是沃尔夫山姆愿意帮助的人，彼此间处得像兄弟姊妹一样。他们以前经营过一家小酒店。"

"我明白了。"

他是应黛西的要求给我打电话的——询问我明天是否愿意到她家共进午餐，还说贝达克小姐也会去的。半个小时之后，黛西也亲自打电话过来，得知我会赴约后如释重负般的松了一口气。我猜想他们家一定是出了什么事，可是我完全不能相信他们会选择这样一个场合来公开摊牌——其场面犹如盖茨比早先在花园里描述的那般令人难堪。

第二天，天气酷热难耐，尽管夏日所剩无几，然而当天无疑是整个夏季中最热的一天。当我乘坐的通勤火车从隧道里钻出驶进夏日的骄阳下时，只有全国饼干公司刺耳的汽笛声打破了中午闷热的沉寂。车座上的凉席坐垫热得烫手。我邻座的女人在汗水浸湿了她身上的白色衬衣时，还能勉强保持自若的神态；然而，当她手里的报纸也被汗水浸湿时，她终于禁不住这令人窒息的酷热而哀嚎了一声，手中的钱包也"啪"的一声掉在了车厢的地板上。

"哎哟，这鬼天气！"她大口喘息道。

我费力地弯下腰去捡起钱包，手尽量伸直，捏住钱包的一角还给了她，表示我并没有将其据为己有的意思——但身边的每个乘客，包括那个女人，仿佛都在怀疑我这样做的企图。

"真是太热了！"查票员对脸熟的乘客说道，"可恶的鬼天气！热……热……热……你难道觉得不热吗？热吧？你觉得……"

当他把我的通勤月票递还给我时，上面沾上了他手上黑色的汗渍。但在这种酷热天气的煎熬下，难道会有谁去留意他的嘴唇沾染上了哪个女人的口红，又有谁在乎是哪个姑娘头上的汗水濡湿了他睡衣的左胸襟！

……盖茨比和我在布坎南家门口等待开门的时候，一阵微风从他家的门廊掠过，传送过来一阵电话铃声。

"您说的是主人的身体！"男管家对着话筒声嘶力竭地喊道，"对不起，太太，可是我们不能满足你的要求——今天中午太热了，没法上手！"

可是实际上他所说的话是："好的……好的……我马上过去看看。"

他将话筒放下，朝我们走了过来，脸上因一层薄薄的汗水而泛着油光，伸手接过了我们的硬边草帽。

"太太正在客厅等着你们呢！"他大声打招呼道，同时毫无必要地指了指方向。在这酷热难耐的天气里，任何一个无谓的动作都是在空耗人们的精力。

因为有遮篷的原因，客厅内阴凉不少，只是光线有些昏暗。黛西和乔丹躺在一张硕大的长沙发上，犹如两座银白色的塑像，压住各自的白色裙裾，不让电扇呼呼作响的风将它们吹扬起来。

"我们无法动弹。"两人异口同声地说。

乔丹黝黑的手指上搽了一层爽身粉，她让我握了一会儿。

"我们的运动健将托马斯·布坎南先生呢？"我问道。

就在这时我听见了他的声音，嗓音生硬、低沉而略带沙哑，正在用大厅里的电话与什么人在交谈。

盖茨比站在猩红色的地毯中央，饶有兴致地四处张望着。黛西瞅着他，发出了她那甜腻、撩人的笑声，一缕香粉轻轻地从她胸口飘出。

"未经确认的消息，"乔丹悄声说，"电话那头是汤姆的情人。"

大伙都缄默无语。此时，大厅里的嗓音因气恼而升高了："那就这样吧，那辆车我不卖给你了……我根本就不欠你什么人情……你竟然在午餐时间为这么点小事来烦我，我真是受够了。"

"他在挂上话筒说话呢。"黛西语带讥讽地说。

"不，不是这样的，"我对她解释道，"确实有过这笔买卖，我也是碰巧得知的。"

汤姆使劲一把推开客厅门，他那壮硕结实的身躯在门口停顿了一会，然后急匆匆走进了客厅。

"盖茨比先生！"他伸出了他那宽大平滑的手掌，工于心计地掩饰住对他的厌恶感，"很高兴见到你，先生……尼克……"

"给我们上冷饮吧。"黛西大声嚷道。

汤姆再次离开客厅后，黛西站起身来，走到盖茨比身前，将他的脸扳向她，亲吻了他的嘴唇。

"你知道我是爱你的。"她呢喃道。

"你忘了还有一个女士在旁边呢。"乔丹嗔道。

黛西装疯卖傻般扭过头来。

"你也可以亲尼克呀。"

"你可真是个低俗的女孩子！"

"我不在乎!"黛西大声喊道,同时在砖砌壁炉前跳起舞来。稍后她想起这是炎热的夏季,稍觉难堪地坐回沙发上。正在此时,一个衣着整洁的保姆牵着一个小女孩走进了客厅。

"亲爱的……宝贝,"她吟唱般的呼唤道,同时伸开了双臂,"到爱你的亲妈这儿来。"

保姆刚一松手,那小女孩就跑过客厅,害羞地一头扎进她母亲的裙裾里。

"亲爱的,我的宝贝,妈妈把粉弄到你金黄的头发上了吗?站起来,说——您好。"

盖茨比和我先后弯下腰,拉了拉小女孩勉强伸出的手。然后,他目不转睛地盯住小女孩,难掩惊讶之情。我想这以前他从未真正相信过这个小女孩的存在。

"我在午饭前就穿好衣服了。"小女孩急切地对着黛西说。

"那是因为妈妈要展示你,"她将脸埋进孩子雪白的小脖子上的皱褶中,"你这个梦幻宝贝,你这个天使般的宝贝。"

"是啊,"小姑娘平静地回答道,"乔丹阿姨也穿了件白裙子呢。"

"你喜欢妈妈的这些朋友吗?"黛西将小女孩转过身去,让她面对着盖茨比,"你认为他们漂亮吗?"

"爸爸在哪儿?"

"她长得不像他父亲,"黛西解释说,"她长得像我。头发和脸形都像我。"

黛西重又坐回沙发上。保姆走上前一步,伸出手来。

"帕米,过来。"

"再见，甜心！"

小女孩十分懂事，她依依不舍地回头看了一眼，拉住保姆的手，就被牵出了客厅的门。恰在此时，汤姆返回了客厅，身后的佣人端来了四杯杜松子利克酒，满杯的冰块叮当作响。

盖茨比伸手接过一杯酒。

"这酒看上去够冰爽的。"他说道，表情明显有些紧张。

我们大口大口地将酒狼吞下去。

"我在哪本书上看到过，说是太阳一年比一年灼热，"汤姆和颜悦色地说道，"看起来用不了多久太阳就会将地球吞噬——等一下——恰好相反——是太阳一年比一年冷。"

"到外面去看看，"他对盖茨比提议道，"我想让你瞧一瞧周边的环境。"

我随他俩一道来到外面的阳台上。眼前的海湾，碧绿的海面在酷热中了无生气，一艘小帆船正缓慢地驶向较为鲜活的海域。盖茨比的眼睛追随了它一会儿，然后举起手，指向海湾的对岸。

"我家就在你家的对岸。"

"可不是嘛。"

我们的目光掠过玫瑰花圃，掠过阳光强烈照射着的草坪，掠过海滩边那些在大热天疯长着的野草丛。那只小船的白帆在蓝天白云的衬托下正慢慢地驶向远海，驰向前方碧波荡漾的海洋和星罗棋布的小岛。

"那是一项顶棒的运动，"汤姆点头赞许道，"我真想像他那样出海玩上个把小时。"

我们是在餐厅里吃的午饭，由于遮阳篷隔热的缘故，室内的光线也比较昏暗。为了掩饰表面欢快下的紧张情绪，大家都喝了不少的冰啤酒。

"我们今天下午找些什么乐子呢？"黛西大声嚷嚷道，"明天呢？还有接下来的三十年呢？"

"别发神经了，"乔丹接话道，"到了秋天，神轻气爽，生活就又重新开始了。"

"但现在却热得要命，"黛西固执地说，眼泪都差点落了下来，"诸事都不顺心，咱们一起进城去吧！"

她的话音在闷热的空气中逶迤前行，似乎在与其碰撞的过程中变形为了空洞无物的废话。

"我听人说过可以将马厩改成车库，"汤姆对盖茨比说道，"但是我是第一个将车库转变成马厩的人。"

"谁愿意进城去？"黛西执拗地问道。盖茨比的目光朝她飘去。"啊，"她大声喊道，"你看上去真酷！"

他们的目光相遇了。两人都目不转睛地瞧着对方，仿佛房间内再无其他人似的。她好不容易才将目光移回到餐桌上。

"你看上去总是那么酷。"她重复道。

她曾经告诉他她爱他，汤姆·布坎南也看出端倪来了。他惊呆了。他的双唇微微张开，看看盖茨比，又瞅瞅黛西，仿佛他刚刚才认出她是一个他很久以前就认识的人。

"你很像那则广告中的那个男人，"她继续没心没肝地说，"你知道那则广告中的那个男人……"

"好吧，"汤姆立即打断了她的话，"我十分乐意进城去。走吧——我们全都进城去。"

他站起身来，目光仍旧在盖茨比和他妻子之间穿来梭去。谁也没动。

"走啊!"他有点压不住火了，"你们这到底是怎么了? 如果我们要进城的话，那就动身吧。"

他努力控制着自己的情绪，手却发起抖来，将杯中剩余的啤酒一饮而尽。黛西招呼着大家站起身来，一起来到户外灼热的碎石车道上。

"我们现在就动身吗?"她抗议道，"就像现在这个样子? 我们是不是要先让人家抽支烟再走呢?"

"吃午饭时大家不是一直都在抽烟吗?"

"哦，让我们大家都开心点吧，"她央求他道，"我们别争执了，天气太热了。"

他没有理她。

"那就随你便吧，"她说，"来吧，乔丹。"

她们上楼去做出发前的准备工作，剩下我们三个男人站在那儿，百无聊赖地用脚拨弄着车道上的碎石。一轮明月已爬升上了西边的天空。盖茨比刚想开口说话，却又改变了主意，刚想闭上嘴，不料汤姆已经转过身来，有所期待地望着他。

"你的马厩是在这里吗?"盖茨比颇为吃力地问道。

"在沿这条道往下走大约四分之一英里的地方。"

"哦。"

沉默了一会儿。

"我真是搞不明白为什么要进城去，"汤姆气急败坏地喊道，

"女人脑子里总有一些稀奇古怪的念头……"

"我们要带点什么饮料在路上喝吗？"黛西从楼上的一扇窗子探出身来问道。

"我去取点威士忌。"汤姆应声道，转身走进屋内。

盖茨比身体僵硬地转向我：

"我在他家里不好说什么，老兄。"

"她说话的语气很不谨慎，"我说道，"话音里充满了……"我迟疑着是否往下说。

"她话音中充满了金钱的味道。"他突兀地说道。

真是一语中的，我以前就没有领悟到这一层。她话音中确实充满了金钱的味道——这正是她音调抑扬顿挫的无穷魅力所在：金钱的叮当声，对其顶礼膜拜的颂歌声……高踞于白色宫殿之上的世俗国王的公主，拜金女郎……

汤姆从房内走了出来，用一块毛巾包着一瓶一夸脱的酒；身后紧跟着黛西和乔丹，两人都戴着金属布材质的小而紧的帽子，手臂上搭着薄纱披肩。

"大家一起乘我的车进城吧？"盖茨比提议道。他用手摸了摸发烫的绿色皮质座椅，"我应该将车停在树荫下面的。"

"这车是标准排挡吗？"汤姆发问道。

"是的。"

"那好吧，你开我的小轿车，我开你的车进城。"

盖茨比显然厌恶这个提议。

"我的车恐怕没有多少汽油了。"他反对道。

"汽油多得很。"汤姆蛮横地说。他瞅了一眼汽车的油表。

"万一汽油用完了，我可以找一家杂货店停下来。现如今你在杂货店里可以买到你需要的任何东西。"

听了这番空泛的谵语后，大家都默不作声。黛西双眉紧锁地盯住汤姆，而盖茨比脸上则浮现出难以言状的表情，这种表情对我而言既十分陌生又似曾相识，因为有人曾经向我提及过。

"快上车吧，黛西，"汤姆一边说，一面用手将黛西推到盖茨比的车前，"我开这辆马戏团的大篷车带你去。"

他拉开车门，而她却从他的怀里挣脱出来。

"你带上尼克和乔丹。我们开小轿车跟在你们后面。"

她走过去紧倚着盖茨比，用手碰了碰他的上衣。乔丹、汤姆和我挤进盖茨比汽车的前座，汤姆接着试了一把他不甚熟悉的排挡，车子就犹如离弦之箭般冲进了令人窒息的酷热之中，将他俩远远地抛在了车后。

"你们看到了吗？"汤姆问道。

"看到什么了？"

他目光锐利地看着我，意识到我和乔丹一开始就知晓这件事。

"你们认为我是个白痴，是吧？"他自嘲地说，"可能我是个白痴，可是有时候我有一种——几乎是一种第二视觉，它会告诉我怎样去行事。你们可能不信这个，但是科学……"

他打住了。眼前的紧急状态危机四伏，将他从深不可测的理论边缘拉了回来。

"我对这个家伙进行了一番小小的调查，"他继续说道，"我原本可以调查得更深入一些，要是我早知道……"

"你是说你找过一个巫师吗？"乔丹不无幽默地问道。

"什么？"汤姆给弄糊涂了，茫然地盯着我们，我俩不由得大笑起来。"一个巫师？"

"就是有关盖茨比的事呀。"

"有关盖茨比的事！没有，绝对没有。我是说对他的往事做过一番小小的调查。"

"结果你发现他上过牛津大学。"乔丹充满期待地推测道。

"上过牛津大学！"他难以置信地喊道，"他想得美！瞧他那模样。"

"无论如何他还是上过牛津的。"

"是新墨西哥州的牛津镇吧。"汤姆不屑地反唇相讥道，"或是别的什么镇。"

"听好了，汤姆。如果你是这么小心眼的人，那你为什么还要请他过来吃午饭呢？"乔丹生气地质问道。

"是黛西请的他。她在我们结婚前就已经认识他了——天知道是在什么鬼地方认识的。"

这时啤酒的酒力已消退，我们都变得烦躁不安起来。意识到这一点，我们在急速前行的车子里闷闷不乐地坐了一会儿，直到 T. J. 埃科尔堡大夫那双褪色的眼睛出现在车子前方时，我想起了盖茨比汽油不够的提醒。

"汽油足够我们开到城里的。"汤姆答道。

"可是前面刚好有家车行呀，"乔丹反驳道，"我可不愿意车子在这烤炉般的闷热里停在半路上。"

汤姆颇不耐烦地同时使用了手、脚刹，车子猛然停在了威尔逊车行的招牌下面，扬起一阵尘土。过了一会儿，老板从车行里走了出来，两眼茫然地看着车子。

"给车子加点汽油！"汤姆粗声大气地吼道，"你以为我们将车子停在这里想干什么——欣赏风景吗？"

"我病了，"威尔逊说道，身子却一动不动，"病了一整天了。"

"怎么回事。"

"我身体已经垮了。"

"那么，难道要我自己加油吗？"汤姆呵斥道，"你刚才在电话里听上去还挺不错的嘛。"

威尔逊颇为费力地将身子从门框处移开，从门口的阴凉处走出来，大口地喘着粗气，拧开了汽车油箱的盖子。在阳光下，他的脸色发青。

"我并不是有意在午餐时间打扰你，"他说，"但是我急需用钱，因此我想知道你打算怎样处理你的那辆旧车子。"

"你觉得这辆怎么样？"汤姆问道，"我上个星期刚买到手的。"

"好一辆漂亮的黄车。"威尔逊应道，一面费力地握住油枪的把手。

"想买吗？"

"是一笔好买卖，"威尔逊淡然一笑，"算了吧，可是我可以在你那部车上赚点钱。"

"你要钱干什么，而且还要得这么紧急？"

"我在这个地方呆的时间太长了，我想换个环境。我老婆和我想搬到西部去。"

"你老婆想去。"汤姆吃惊地叫道。

"这件事她唠叨得有十年了,"他倚在加油泵上歇息了一会儿,用手搭在额头上遮住阳光,"现在是去是留也由不得她了,反正我要带她离开这里。"

黛西乘坐的那辆车从我们身边飞驰而过,扬起一阵尘土,车上的人冲我们挥了挥手。

"多少钱?"汤姆态度生硬地问道。

"就在这两天我感觉有些事情十分离奇,"威尔逊说,"因此我急于离开这个鬼地方。这就是我为买那辆车而冒昧打扰你的原因。"

"我该付你多少钱?"

"二十美元。"

无处不在的热浪使我头脑恍惚,我感到分外不舒服,后来我才认识到,直到这时威尔逊都没有对汤姆起过疑心。他发现梅特尔的生活别有洞天,而这一切与他没有丝毫关系,这一发现将他的身体击垮了。我盯着他看了看,又观察了一下汤姆的神情,汤姆在不到一个小时之前也有了同样的认知——我忽然发现人们在智力或种族方面的任何差异,都远不如病人和健康者之间的差异来得巨大。威尔逊病得那么重,看上去一副犯人相,身负不可饶恕的罪过——就像他将穷苦人家女孩的肚子搞大了似的。

"我会将那辆车卖给你的,"汤姆说,"明天下午我就派人给你送过来。"

那一带的地形地貌总是给人一种忐忑不安的感觉，即使在骄阳普照的午后亦是如此。这时我扭过头去，仿佛有人提醒我注意身后似的。在灰堆的上方，是 T. J. 埃克尔堡大夫那双永不放松警戒的巨大眼睛，但不一会儿，我分明感觉到在离我们不到二十英尺远的地方，有另外一双眼睛正在关切地注视着我们。

在车行楼上的一扇窗户，窗帘被拉开了一个缝隙，梅特尔·威尔逊正在往下偷窥我们的车子。她的神情是如此的专注，以至于完全没有察觉已有人注意到她。只见她脸上变幻着各种表情，犹如连续冲洗出来的各色照片。她的表情对我而言既感到分外熟悉，又稍觉有点古怪——在女人脸上我经常看到这种表情，但在梅特尔·威尔逊脸上，这种表情似乎来得毫无缘由且令人费解，后来我才意识到她那两只充满嫉妒、怨恨，睁得大大的眼睛并没盯着汤姆，而是盯住了乔丹·贝克。显然，她将乔丹误认为他的妻子了。

一个头脑简单的人一旦陷于慌乱状态，那就无药可救。当我们驱车离开车行后，汤姆焦急得就像热锅上的蚂蚁。一个小时之前，他的妻子和情妇还是相安无事、外人无法染指的，但此刻似乎都已不受他的掌控。本能驱使他猛踩油门，一方面想追上黛西；另一方面想将威尔逊远远地抛在身后。于是我们以每小时五十英里的车速朝阿斯托里亚急速前行，直到在高架铁路那蜘蛛网一样的钢架间，我们才看见那辆轻快行进的蓝色小轿车。

"第五十大街那一带的大电影院里面很凉快，"乔丹提议道，"我喜欢夏季午后的纽约，人们大多出城去了。有一种肉感——

熟透了，仿佛各种奇珍异果纷纷掉在你手中。"

"肉感"这个词更加使汤姆惶恐不安，但他还未来得及找个借口表示反对，前面那辆小车就已经停了下来，黛西打着手势示意我们的车靠边停下。

"我们去什么地方呀?"她大声问道。

"去看场电影怎么样?"

"太热了。"她表示反对道。"你们去吧。我们去兜兜风，过会儿再与你们碰面。"过了一会儿，她挤出了一句俏皮话："我们约好在街角相会，我就是那个抽两支烟的男人。"

此时有辆卡车在我们身后鸣响了抱怨的喇叭声。"咱们别在这儿争来争去了，"汤姆不耐烦地说，"你们跟着我开到中央公园南边的广场饭店前面去。"

一路上他好几次扭过头去观察跟在我们身后的小车，每当碰上交通堵塞，他们被落在视线之外时，他都刻意放缓车速，直至他们赶上来。我想他唯恐他们会忽然拐进一条偏僻小街，并从此永远在他的生活中消失。

但是他们并没有采取如此的行动。接下来我们却做出了一件更加让人难以解释的事情——在广场饭店租下了一间套房的会客厅。

在拥进会客厅之前，我们之间产生了长时间的混乱争论，具体内容我已经记不清了，但身体的感受却记忆犹新：在争论的过程中，我的内裤像一条湿漉漉的蛇裹在我的腿上，不时冒出的汗珠隔一会就涔涔地顺着后背冷嗖嗖地往下流淌。起初是黛西提议我们租下五间浴室冲个冷水浴，然后改为更为切实的方案——"找个地方喝杯冰镇薄荷酒"。其他几个人都反复说这是个"疯狂的想法"——我们围住一个面露困惑之色的前台服务员七嘴八舌地提出不同的要求，认为或佯装认为这么干很有趣……

会客厅面积很大，但里面的空气却有点发闷，虽然已经是下午四点钟了，但打开窗户后吹进来也只是掠过中央公园灌木林的热风。黛西走到梳妆镜前面，背对着我们梳理她的秀发。

"这个套间真高级。"乔丹颇带点敬畏感地低语道，逗得大家都笑了起来。

"再打开一扇窗户。"黛西头也懒得回地吩咐道。

"没有其他窗户了。"

"那么，我们最好打个电话让他们送把斧子上来……"

"最好别将'热'挂在嘴边上，"汤姆不耐烦地说，"你这样大惊小怪只会使大家更觉得热得受不了。"

他解开裹着的毛巾，将那瓶威士忌摆在桌子上。

"你能不说她吗，老兄？"盖茨比说，"是你自己要进城里来的呀。"

大家都没吱声。这时电话簿从挂着的钉子上脱落下来，"啪"的一声掉到了地板上。乔丹又一次故作正经地低语道："对不起。"但是这一次谁也没笑。

"我来捡。"我主动说。

"我已经捡起来了。"盖茨比认真地察看了一下断掉的挂绳，颇有意味地"哼"了一声，随手将电话簿扔在了一张椅子上。

"你就喜爱用你那句口头禅，是吧？"汤姆刻薄地问道。

"你说什么?"

"一口一句'老兄'的。你是从哪里学来的?"

"听我说,汤姆,"黛西一面说,一面从镜子前面转过身来,"如果你有意要与别人过不去,那么我连一分钟都不想呆在这里。打个电话叫他们送点冰块上来调薄荷酒。"

正当汤姆拿起话筒,闷热的空气突然被一阵悦耳的音乐所打破,我们听到门德尔松①《婚礼进行曲》华美庄严的旋律从楼下的舞厅里传了上来。

"想象一下竟然还有人在这样的大热天举行婚礼!"乔丹痛惜地喊道。

"那又怎样,我就是在六月中旬结婚的,"黛西回忆道,"六月的路易斯维尔啊!有人都热昏了。昏倒的那个人是谁,汤姆?"

"毕洛克西。"他敷衍般的答道。

"一个叫毕洛克西的男人。'积木人'毕洛克西,他是做木箱的——这是事实——而他又是田纳西州毕洛克西②那地方的人。"

"后来他们把他抬到我家去了,"乔丹补充道,"因为我家和教堂只隔着两家的距离。他在我家住了三个星期,直到我爸爸

---

① 1809—1847,德国作曲家、指挥家、钢琴家,其作品遵循古典音乐传统且兼有浪漫主义创作风格,主要作品有《仲夏夜之梦序曲》、《e小调小提琴协奏曲》、钢琴曲集《无词歌》等——译者注。

② 在英语中,毕洛克西(Biloxi)、积木(blocks)、木箱(boxes)谐音——译者注。

将他赶出门。他走后第二天，我爸爸就死了。"过了一小会儿，她又加了一句："这两件事可没有什么必然的联系。"

"我过去也认识一个叫比尔·毕洛克西的孟菲斯人。"我说。

"那是他的堂兄弟。他走之前，给我讲了他家庭的全部情况。他还送了我一根铝质的高尔夫球轻击棒，我现在还在用呢。"

进行曲奏完后，婚礼就正式开始了，这时一阵不绝于耳的欢呼声从窗外飘了进来，接着又是一阵阵"好啊——好啊——"的呼叫声。最后，爵士乐的声音响起，舞会开始了。

"我们都开始老去了，"黛西说，"倘若我们还年轻的话，我们就会跟着跳舞了。"

"想想毕洛克西的下场吧，"乔丹警告她道，"汤姆，你是在哪儿认识他的？"

"毕洛克西？"他强打起精神思索了一会，"我并不认识他。他是黛西的朋友。"

"他不是我的朋友，"黛西否认道，"我在那以前从没有见过他。他是坐你包的专车过来的。"

"就算是吧，可是他说他认识你。他说他是在路易斯维尔长大的。临近出发前阿萨·伯德才将他领过来，问我们有没有空位子让他坐。"

乔丹笑了。

"他多半是乘的顺风车。他告诉我他是你们在耶鲁大学时的班长。"

汤姆和我面面相觑。

"毕洛克西？"

"首先，我们班根本就没有班长……"

盖茨比的脚在地板上不耐烦地连续敲击了几下，汤姆忽然间瞟了他一眼。

"顺便问一下，盖茨比先生，我听说你是牛津的毕业生。"

"不完全是。"

"哦，是吧，我听说你上过牛津。"

"是的，我上过那儿。"

停顿了一会儿。然后，汤姆用怀疑且语带侮辱的口吻说道："你上牛津的时间正好是毕洛克西去纽黑文的时间吧。"

又停顿了一会儿。这时，一个侍者敲了一下门，端着碾碎了的薄荷糖和冰块走了进来，但是他的一声"谢谢"和轻巧的碰门声并没有打破室内沉闷的气氛。一个重要的细节终于要得到彻底的厘清了。

"我跟你说过了我上过那儿。"盖茨比说。

"我听到了，可是我想知道是在什么时间。"

"是在 1919 年，我只在那里待了五个月，这就是为什么我不能自称为牛津毕业生的原因。"

汤姆挨个看了我们一眼，想弄清楚我们是否同他一样有着怀疑的表情，但我们都在看着盖茨比。

"那是在大战结束后他们给一些军官提供的机会，"他继续说道，"我们可以上英国或者法国的任何一所大学。"

我真想起身过去拍拍他的后背。我又一次完全彻底地信服了他，就像以前的情形一样。

黛西站起身来，嫣然一笑，走到桌子旁边。

"汤姆，打开威士忌酒瓶，"她发号施令道，"我给你调上一杯薄荷酒，喝下以后你就不会装疯卖傻了……瞧瞧这些薄荷糖！"

"等一下，"汤姆厉声喝道，"我还要问盖茨比先生一个问题。"

"请问吧。"盖茨比彬彬有礼地答道。

"你究竟想在我家里挑起怎样的事端?"

两人终于短兵相接了，这正中盖茨比的下怀。

"他没有挑起事端，"黛西表情绝望地看看这个，瞅瞅那个，"是你在挑起事端。拜托你克制一下吧!"

"克制一下吧!"汤姆不无嘲弄地重复道，"我想当今最时兴的怪事就是眼瞅着不知从哪儿冒出来的无名鼠辈与你老婆打情骂俏，你却无动于衷地坐在那儿装聋作哑。哼，如果这就是你们的真实想法，我是不会上你们的当的……这年头人们开始对家庭生活和家庭观念不屑一顾，再下一步他们就该抛弃一切传统，开始提倡在黑、白人种之间通婚了。"

他信口胡言谵语，脸因为愤怒而涨得通红，俨然将自己当作了一个孤身捍卫传统文明的卫道士。

"我们可都是白人。"乔丹小声嘀咕道。

"我知道我不受大家待见，我不举办盛大的聚会。看来你非得把自己的家弄得像猪圈似的才能交上朋友——这就是现代社会的交际生活。"

尽管我和其他在场的人一样感到愤怒，但他一开口，我就忍不住地想笑出声来。从放荡不羁的花花公子瞬间转变为道貌岸然的卫道士，他转换得如此自然而不留痕迹。

"我也有句话想对你说，老兄……"盖茨比开口道。但是黛西猜出了他想说的话的意思。

"请不要说了！"她无助地打断了他的话，"我们回家吧。我们为什么不回家去呢？"

"这主意不错。"我站起身来，"走吧，汤姆。没人想喝酒。"

"我想知道盖茨比先生究竟想对我说些什么。"

"你妻子不爱你，"盖茨比说，"她从来都没有爱过你，她爱的人是我。"

"你一定是疯了！"汤姆脱口而出地反驳道。

"她从来没有爱过你，你听见了吗？"他大声喊道，"她之所以嫁给你，只是因为当时我穷，而且等我等得厌倦了。那是一个可怕的错误，但是在她心里，除了我以外再没有爱过其他人！"

这时乔丹和我都想走，但是汤姆和盖茨比之间彼此还较着劲，我俩只得留了下来——仿佛他俩都愿意对我俩敞开心扉，而我俩也愿意分享他俩那迸发而出的激情似的。

"坐下吧，黛西，"汤姆佯装出一种长辈似的关怀口吻，却并没有多大的效果，"到底是怎么回事？我想知道这件事的来龙去脉。"

"我已经告诉过你是怎么回事了，"盖茨比说道，"已经五年了——只是你不知道罢了。"

汤姆猛然转过身去盯住黛西。

"你和这家伙来往有五年了？"

"没有来往，"盖茨比说，"没有，我们见不了面，可是我俩一直都爱着对方，而你却一直都被蒙在鼓里，老兄。我以前时不时会发笑，"——但此时他的眼中并无笑意——"只要一想到你对此事竟然一无所知。"

"哦——就这些啊。"汤姆像牧师般将粗大的手指合在一处，身体后仰倚靠在座椅靠背上。

"你疯了！"他忽然间爆发道，"我没法说五年之前发生的事情，因为当时我还不认识黛西——可是我真他妈的想不明白你如何近得了黛西的身，除非你是从后门送货的杂货店伙计。至于你其他的鬼话都是他妈的扯淡。黛西跟我结婚时是爱我的，她现在也还爱着我。"

"不对。"盖茨比摇晃着脑袋说。

"她爱我，只是有时她爱胡思乱想，做些她自己也弄不明白的傻事。"他颇为自负地点着头，"更重要的是，我也爱黛西。偶尔我也有分心的时候，逢场作戏，寻点乐子，但我总能回心转意，而且在我心中我是始终爱她的。"

"你真令人恶心。"黛西说。她转身面向我，降低音调，回荡在房间内的嗓音充满了激愤与不屑："你知道我们是因为什么离开芝加哥吗？我真奇怪他们竟然没有告诉你他干的'寻点乐子'的事。"

盖茨比走过来站在她身边。

"黛西，那一切都结束了，"他急切地说，"一切都无关紧要了。只要告诉他实情——你从来没有爱过他——过去的一切就都一笔勾销了。"

她两眼茫然地望着他。"是啊——我怎么会爱他——这怎么可能呢?"

"你从来没爱过他。"

她犹豫着,将求助的目光投在乔丹和我身上,仿佛现在她才意识到先前的所作所为——仿佛她本没打算采取什么行动似的,但既然序曲已经奏响,再往后退缩已经晚了。

"我从来都没爱过他。"她说道,但语气明显有些勉强。

"在夏威夷凯皮奥兰尼时也没爱过吗?"汤姆忽然间质问道。

"没有。"

楼下餐厅奏响的沉闷、令人窒息的舞曲被滚滚热浪裹挟着涌入室内。

"那天我担心你弄湿靴子,将你从'庞奇碗'号游艇上抱下船的时候,你也不爱我吗?"汤姆沙哑的嗓音中流露出一丝柔情……"黛西?"

"请别往下说了。"她的声音仍是冷漠的,但却没有了幽怨的痕迹。她看着盖茨比。"我说,杰伊。"她强作镇静地说,可点烟的那只手却在发抖。忽然,她将香烟和划着的火柴往地毯上一扔。

"啊,你要的也太多了!"她冲盖茨比吼道。"我已经说过爱你了,难道这还不够吗? 过去的事情我也无法挽回。"她开始无助地抽泣起来。"我以前确实爱过他——但我以前也爱过你呀。"

盖茨比眨巴着双眼。

"你以前也①爱过我?"他重复着她的话。

"即使这个也是谎话,"汤姆蛮横无理地说,"她甚至不知道你的死活。这么说吧——黛西和我之间有许多故事你永远都不会知道,这些故事我和她都永远不会忘记。"

这番话极深地刺痛了盖茨比的心。

"我要和黛西单独谈谈,"他坚持道,"她现在太冲动了……"

"即使单独谈,我也不能说我从来没有爱过汤姆,"她用可怜兮兮的声音坦承道,"因为那不是事实。"

"当然不是事实。"汤姆随声应和道。

她转身面对她丈夫。

"好像你还挺在乎这点似的。"她说。

"当然在乎了。从现在开始我要更好地照顾你。"

"你还不明白,"盖茨比神色有点慌乱地说,"你再也没有机会照顾她了。"

"我没机会了吗?"汤姆睁大双眼,放声大笑。他现在能够收放自如地控制自己的情绪了。"这话怎么说?"

"黛西就要离开你了。"

"纯粹胡说八道。"

"不过,我确实要离你而去。"她显然费了很大的劲才将这句话说出口。

"她是不会离开我的!"汤姆突然劈头盖脸地冲着盖茨比起火来。"她绝不会为了一个江湖骗子而离开我,一个连戴在她

---

① 原词为斜体——译者注。

手上的结婚戒指都是靠偷窃得来的江湖骗子。"

"我受不了啦!"黛西大声喊道,"啊,我们还是离开这儿吧。"

"你到底算个什么东西?"汤姆彻底爆发了,"你是跟迈耶·沃尔夫山姆那帮人搅在一起的——我碰巧知道这一点,我略微调查了一下你从事的勾当——赶明儿我会继续弄个水落石出。"

"悉听尊便,老兄。"盖茨比镇定自如地说。

"我早已探知你的那些'药房'是怎么回事。"他转过身来对着我们迅疾地说道,"他和那个叫沃尔夫山姆的家伙在纽约和芝加哥盘下了许多偏僻小街上的药店,私自向顾客兜售酒精。这就是他玩的鬼把戏之一。我第一眼就认出他是一个私酒贩子,猜得还八九不离十呢。"

"那又怎么样呢?"盖茨比故作客气地问道,"我想你的朋友沃尔特·蔡斯跟我们合伙并没觉得丢人嘛。"

"你们把他给害了,难道不是这样吗?是你们让他在新泽西的监狱里蹲了一个月。天啊!你真该听听沃尔特是如何评价你这个人的。"

"他来见我们时是个穷光蛋。他发了一笔横财后可是高兴得很呢,老兄。"

"别叫我'老兄'!"汤姆大声喊道。盖茨比没吭声。"沃尔特本来还可以告你们聚众赌博的,但在沃尔夫山姆的恐吓下,他没敢这么做。"

盖茨比脸上又浮现出那种陌生而又似曾相识的表情。

"药店的那些勾当充其量只是一些小把戏罢了,"汤姆慢条斯里地接着说，"但是你们现在又在搞些什么名堂，沃尔特甚至都不敢对我说。"

我瞟了黛西一眼，她已经被吓坏了，目瞪口呆地看看盖茨比，又看看她丈夫，再瞧着乔丹，而她又开始用下巴颏去平衡并不存在却引人注目的莫名物体了。我又扭头去看盖茨比——被他脸上的表情吓了一跳。他看上去——我说这话可丝毫没受他花园里那些中伤流言的影响——就像刚"杀了一个人似的"，在那一刹那间，他脸上的那种表情只能用这种疯狂的描述方式来形容。

这种表情稍纵即逝，接着他面对黛西激动地为自己辩护，否认一切指控，捍卫自己的名誉。但是他说得越多，她的表情显得越是畏缩，他最后只得无奈地放弃了。唯有那已破灭的梦想随着午后时光的流逝而在作着无谓的挣扎，试着去触摸那无形之物，痛苦万分又心存侥幸地去捕捉室内那已然逝去的迷人嗓音。

那嗓音又央求大家回家了。

"求求你，汤姆，我再也忍受不了这一切了。"

她那双惊恐万分的眼睛明白无误地表露出，无论她曾经有过什么样的企图心，有过多么大的勇气，此刻都已经消失殆尽了。

"黛西，你们两个动身回家吧，"汤姆说道，"坐盖茨比先生的车。"

她瞅着汤姆，一副惊慌失措的表情，但他故作宽宏大度以示轻蔑，坚持要她与盖茨比一道走。

"放心去吧，他不会再骚扰你了。我想他应该认识到他那装腔作势的调情伎俩已经结束了。"

他俩一言不发，转身飘然而去，犹如孤魂野鬼，甚至没有顾及到我们痛惜的眼神。

过了一会儿，汤姆站起身来，将那瓶未开启的威士忌用毛巾重新裹起来。

"来点这玩意吗？乔丹？……尼克？"

我没理他。

"尼克？"他又问了一遍。

"什么事？"

"来点吗？"

"不了……我刚刚想起来今天是我的生日。"

我已经年满三十了，展现在我面前的是凶险莫测的新的十年历程。

我们与汤姆坐上小轿车回长岛时，已经是傍晚七点时分了。汤姆一路上说笑不停，一副自得的模样，但是他的声音犹如人行道上嘈杂的人声和头顶高架铁路的隆隆声一样，对我和乔丹来说毫不相干。人的同情心是有限度的，因而我们也乐于将他们的悲剧性争执如同这座城市的灯火般一股脑地抛在身后。三十岁——前方等待着我的可能是十年的孤独，可交往的单身汉逐年递减，生命激情逐日消退，头发日见稀少。但我身边还伴有乔丹，她不像黛西，不会将那些时过境迁的旧梦年复一年的藏在心里。当车子驶过漆黑一团的铁桥时，她将略显苍白的脸庞慵懒地倚在我的肩头，并紧握住我的手，从而驱散了三十岁生日给我带来的畏惧感。

于是我们在渐显凉爽的暮色中踏上了死亡之途。

那个叫米凯利斯的年轻希腊人，在灰烬山谷附近开了一家小咖啡店，他是后来事故调查的主要目击证人。在那个酷热难耐的下午，他午休直睡到下午五点以后才起床。他散步来到车行，发现乔治·威尔逊病倒在办公室里——病得挺重，脸色和他的头发一般惨白，浑身发抖。米凯利斯劝他躺到床上去休息一会，威尔逊却不听他的劝告，说那样会耽误他不少生意。这位邻居还在说服他的时候，楼上忽然传来一阵激烈的骚动声。

"我将我老婆锁在楼上了，"威尔逊若无其事地解释道，"我将让她在那儿呆到后天，然后我们就搬家。"

米凯利斯吃惊不小，他和他们做了四年邻居，威尔逊从来不是这种敢作敢为的人。一般来说，他是一个循规蹈矩的男人，工作之余，他就坐在车行门口的凳子上，望着路上过往的行人和车辆发呆。无论谁与他搭腔，他都是和颜悦色、不置可否地笑笑。他对他老婆言听计从，自己全然没有半点主张。

很自然地，米凯利斯想打听一下到底发生了些什么事，但威尔逊却缄口不言——相反地，他却用充满狐疑的目光打量着他的邻居，盘问他在某个特定日子的某个特定时间干了些什么事。正当米凯利斯被他追问得浑身不自在的当儿，有几个工人从车行门口经过，径直朝他的咖啡店走去，他就借故脱了身，并打算过一会儿再返回车行。但是他并没有再返回，他想大概是忘了这回事，就这么简单。傍晚七点钟刚过，当他再一次来到街面上时，才又回想起了那段对话，因为他听见威尔逊太太正在楼下车行中破口大骂。

"揍我吧!"他见她哭嚷着,"把我按在地上揍吧,你这个肮脏的胆小鬼。"

过了一会儿,她就冲到了暮色四合的街道上,边挥手边叫喊着什么——他还没有来得及离开咖啡店门口,一切就已经结束了。

那辆"死亡之车"——报纸上就是这么称呼它的——就没打算停下来,它从昏暗的暮色中直冲过来,闯下大祸后稍微摇晃了一下,紧接着在前方转了个弯就踪影全无了。马弗罗·米凯利斯甚至连车子的颜色都没看清——他对第一个到达现场的警察说车子是浅绿色的。而另一辆车,开往纽约城方向的那一辆,开离现场一百码后停了下来,司机匆忙跑回事发地点。而在事故现场,梅特尔·威尔逊双膝着地,蜷缩在乌黑的浓血和尘土里,惨死在道路上。

米凯利斯和那位司机最早赶到她的身旁,但当他们撕扯开她那被汗水濡湿的衬衣,发现她左边的乳房如松垮的布袋耷拉在胸前,就不用去再试她有无心跳了。她的嘴巴张得老开,嘴角已被撕裂,仿佛她在尽力释放长久存储在身体内的过剩精力时,忽然被噎住了似的。

我们在离事发地点还有一段距离时,就看见了前方聚集着三四辆汽车和一群围观的人群。

"出车祸了!"汤姆喊道,"这下可好了,威尔逊总算有生意可干了。"

他放慢了车速,但是并没有停车的意思,直到我们离现场很近了，看到聚集在车行门口的人群全都一言不发、表情严肃时，才不自觉地踩下了刹车。

"我们还是看一下吧，"他迟疑地说，"就看一眼。"

这时，我听到车行里传来一阵阵干号声。我们下了车，快接近车行门口时，才听清一遍又一遍、上气不接下气、呻吟般的"哎哟，老天爷呀"的呼喊声。

"这儿是出了大乱子了。"汤姆激动地说。

他踮起脚尖，从一群围观人的头顶上往车行里望去。车行里只亮着一盏昏黄的灯，摇摇晃晃地悬挂在头顶上方的铁丝罩中。随后他大吼了一声，两只强健有力的手臂猛然向前一划拉，就挤进了人堆里。

被拨开的人群很快就合拢了，伴随着一阵阵听不太清的劝慰声。有那么一两分钟的时间我什么也看不见，接着新来者又挤乱了原先的圈子，忽然间乔丹和我就被挤到里面去了。

梅特尔·威尔逊的尸体被裹在一条毯子里，外面又包上了一条毯子，仿佛她在这炎热的夜晚害了寒病似的。尸体摆放在紧靠墙根的一张工作台上，汤姆背对着我们低头凝视着尸体，纹丝不动。在他身旁站着一位摩托巡警，正满头大汗地在一个小记事本上记下一串串姓名，还不时地加以涂改。

刚开始我不知道那在空荡的车行里回响的干嚎声来自何处，后来我看见威尔逊站在他办公室的门槛上，身体前后摇晃着，双手却紧紧地抓住了门框。有一个人正在低声对他说着些什么，并不时地想将一只手搭在他的肩膀上。但此时的威尔逊却充耳不闻，视而不见，他那呆滞的目光从那盏摇晃的灯缓慢地移至墙边那张停放着尸体的工作台上，瞬间又移回到那盏灯上，同时不断地发出他那高亢、瘆人的哀嚎：

"哎约，老天爷呀！哎哟，老天爷呀！哎哟，老天……爷呀！哎哟，老天……爷呀！"

稍后来，汤姆猛一下抬起头来，用呆滞的目光环视了一下车行，然后对那位巡警断断续续地说了些什么。

"马弗——"巡警学说道，"奥——"

"错了，罗——"他更正道，"马——弗——罗——"

"听好了！"汤姆凶狠地低声吼道。

"罗——"巡警说，"奥——"

"格——"

"格——"

汤姆用宽大的手掌猛地拍了一下他的肩膀，他抬起头来。"伙计，你到底想干什么？"

"这到底是怎么回事？——这就是我想要知道的。"

"一辆汽车撞上了她，当场死亡。"

"当场死亡。"汤姆两眼发直地重复道。

"她冲到了马路中间。那个狗杂种甚至都没踩一脚刹车。"

"当时路上有两辆车，"米凯利斯说，"一来，一去，明白吗？"

"去向哪里？"巡警机警地询问道。

"两辆车开往不同的方向。唉，她呢。"他的手指向毯子的方向，但半路上又缩回身边。"她冲到外面的马路上，由纽约城开过来的那辆车迎面撞上了她，当时车子的时速有三四十英里。"

"这地方叫什么名字?"巡警问道。

"没有名字。"

一个脸色苍白、穿着体面的黑人走上前来。

"那是一辆黄色的小轿车,"他说道,"一辆车体宽大的黄色小轿车,新的。"

"你看到车祸是如何发生的吗?"巡警问。

"没有,但那辆车从我身旁开过,车速不止四十英里,有五六十英里。"

"到这边来,我要记下你的姓名。让开点,我要记下他的姓名。"

在办公室门口晃荡的威尔逊一定是听到了这段对话的只言片语,因为他更换了哀嚎的内容:

"你用不着告诉我那是辆什么汽车!我知道那是辆什么车子!"

我凝视着汤姆,看见他肩膀后面的那块肌肉在上衣里绷得紧紧的。他快步来到威尔逊面前,两手紧紧抓住他的双臂。

"你一定要振作起来。"他粗声粗气地安慰他道。

威尔逊的目光落到汤姆身上。他踮起脚尖想站稳身子,要不是汤姆一把扶住他,他差一点就跪在了地上。

"你听我说,"汤姆一边说,一边摇晃着他,"我在一两分钟前才到达这里,从纽约城过来的。正准备把我们谈过的那辆小轿车给你送过来。今天下午我开的那辆黄色小轿车不是我的——你听明白了吗?后来我整个下午都没见过它。"

只有我和那个黑人站得离他们最近，可以听到他说的话，但那个巡警觉察到汤姆的语调有点异样，朝我们投来警惕的目光。

"怎么回事？"他质问道。

"我是他的一个朋友，"汤姆扭过头来答道，双手却死死地抓住威尔逊的身子不放。"他说他认识那辆肇事车——是一辆黄色的小轿车。"

巡警隐约感到事情有些蹊跷，用怀疑的目光盯住汤姆。

"那么，你开的是什么颜色的车？"

"是一辆蓝色的车子，一辆小轿车。"

"我们直接从纽约城开过来的。"我说。

有一位跟在我们车后面的司机证实了这一点，于是那位巡警转过了身子。

"现在，让我再把姓名核对一下……"

汤姆将威尔逊像提木偶一样提进办公室，放倒在一张椅子上，转身又返回来。

"有劳哪位到这儿来陪他坐会儿。"他用命令的口吻说道。在他逼视的目光下，两个站得离他最近的人相互对望了一眼，不情愿地走进了办公室。汤姆在他们身后带上房门，踏下仅有一级的台阶，目光极力避免与工作台接触。他走到我身边，低语道："我们出去吧。"

汤姆挥动着强有力的双臂，蛮横地在聚集的围观人群中强行开出一条道来，迎面碰上一个手提急救箱、神色匆忙的医生，他是半个小时前人们抱着一丝希望急唤过来的。

汤姆将车开得很慢，直到我们拐过了那道弯——他的脚才重重地踩在油门上，于是小轿车就在夜色中飞驰而去。过了一会儿，我听到一阵低沉的抽泣声，接着看见他已是泪流满面。

"遭天谴的懦夫！"他呜咽着说，"他甚至连车都未停。"

透过黑黢黢、沙沙作响的树林，布坎南的居家赫然展现在我们的眼前。汤姆将车停靠在门廊边，抬头瞅了眼二楼，只见有两扇窗户在蔓藤中间透射着明亮的灯光。

"黛西已到家了。"他说道。我们下车时，他瞟了我一眼，微微皱了一下眉头。

"我应该在西半岛就让你下车的，尼克。今晚我们什么事都干不了。"

他身上显然发生了某种变化，说话的语气显得严肃而果敢。当我们沿着洒满月光的碎石路走向门廊时，他干脆利落地替我们作好了安排。

"我打个电话叫一辆出租车送你回家，等车的当儿，你和乔丹最好到厨房去，让厨子给你们弄点晚餐——如果你们还有胃口的话。"他推开大门。"请进。"

"不用了，谢谢。但是麻烦你为我叫辆出租车，我就在外面等。"

乔丹伸出手来挽住我的胳膊。

"尼克，你不进去吗？"

"不了，谢谢。"

我觉得心里有点不舒服，想单独待一会儿，但乔丹又逗留了一会儿。

"现在才九点半。"她说。

但是，打死我我也不愿进去了，与他们几个厮混了一整天，我真是受够了，甚至也包括乔丹本人。她一定从我的神色中看出了点端倪，因为她猛地一转身，快步跑上门廊的台阶，进房去了。我双手抱头呆坐了几分钟，直到我听见房子内男管家打电话在叫出租车。然后，我就沿着车道缓慢地从房子前走开，去到大门口等待出租车。

我还没走出二十码的距离，就听到有人叫我的名字，接着就看见盖茨比从灌木丛空隙处钻了出来。我当时一定是有些神思恍惚，因为我脑子里除了他那件在月光下发亮的粉红色上衣外，什么都想不起来了。

"你在这儿干什么？"我问道。

"只是随便站一下，老兄。"

不知怎么的，他看上去像在干什么见不得人的勾当。在我看来，他似乎是想去洗劫汤姆一家似的，如果我在他身后黑黢黢的灌木丛中看见"沃尔夫山姆之流"的罪恶面孔，我也不会感到惊讶。

"你在回来的路上看到车祸了吗？"他过了一会儿问道。

"看到了。"

他迟疑了一会儿。

"她撞死了吗？"

"是的。"

"我当时就想到这个结局了，我对黛西也是这么说的。伸头是一刀，缩头也是一刀，她表现得够镇静的。"

他说话的口吻仿佛黛西对这场事故的反应是世上唯一重要的事情似的。

"我是从一条偏道将车开回西半岛的，"他接着说，"然后将车停到了我的车库里。我想没有任何人看到过我们，当然我也无法确认这一点。"

此时我厌恶他已达到了极点，因而也就懒得告诉他这种想法大错特错。

"那个被撞的女人是谁?"他问道。

"她姓威尔逊。她丈夫就是那家车行的老板。车祸到底是如何发生的?"

"唉，我想把方向盘扳过来的……"他忽然停止不语了，我一下子猜到了事故的真实原因。

"是黛西开的车吗?"

"是的，"他停了片刻才承认道，"但是我当然要说是我开的车。事情是这样的：我们离开纽约城的时候，她神经非常紧张，她以为开车可以让她的神经松弛下来——当我们正要避开对向驶过来的一辆车的时候，那个女人突然朝我们的车冲了过来，瞬间事故就发生了。但我觉得那个女人认为我们是她熟识的人，她过来是想和我们说点什么似的。唉，黛西先是将车子从那个女人身边闪开，朝着另一辆车冲去，然后她又慌张地将方向打了回来，我的手一握住方向盘，就感觉到了剧烈的震动——一定是当场就将她撞死了。"

"她身子都撞开……"

"别说了，老兄，"他畏葸起来，"总之，黛西死命踩住油门。我想让她将车停下来，但她就是停不住，我只好拉上了手刹。然后，她就瘫倒在我的怀里，我就继续将车往前开。"

"她明天就会好起来的，"过了一会儿他接着说，"我只想在这儿呆着，以防他因为下午的不愉快事儿再找她的麻烦。她已将自己的房门锁上了，如果他敢对她动粗的话，她就会将房内的灯熄灭后再拉亮。"

"他不会碰她的。"我说，"他的心思现在不在她身上。"

"我可信不过他，老兄。"

"那你打算在这儿待多久呢？"

"如果必要的话，我会在这儿待一通宵。最起码也要待到他们熄灯睡觉以后。"

一个新的想法浮现在我的脑海里：假设汤姆知道了是黛西开的车，他又会作何感想呢？或许他会想到某种关联——或者是诸如此类的想法。我瞧了瞧那所房子：楼下有两三扇窗户还亮着灯，二楼黛西的房间里亦透出粉红色的柔和光亮。

"你在这儿等一下，"我对盖茨比说道，"我过去看看房内有什么动静。"

我踏着草坪的边缘处往回走，脚步尽可能轻地穿过碎石车道，踮起脚尖踏上了走廊的台阶。客厅的窗帘拉开着，里面却空无一人。我穿过我们在那儿吃过晚餐的阳台，那已是三个月前六月间的事情了。在我的前方出现了一片长方形的灯光轮廓线，我想那就是厨房的窗户了。窗户已拉上了遮帘，但我在窗台上发现了一个缝隙。

黛西和汤姆在厨房的餐桌边对面坐着，两人中间摆放着一盘冷炸鸡和两瓶啤酒。他正隔着桌子全神贯注地对她叙说着些什么，而且情不自禁地将一只手覆盖在她的一只手上。她时不时地抬头瞅瞅他，表示赞同地点着头。

他们并没流露出兴奋之情，两人谁也没去碰那炸鸡和啤酒——可是两人也没有什么难过的表情。这场景洋溢着一种浑然天成的亲密融洽气氛，任何人看了后都只会说他们在图谋着某种规划。

当我踮着脚尖离开门廊的时候，我听见出租车正缓慢地沿着漆黑的车道朝房子的方向开了过来。盖茨比还在我离开时的车道边等候着我。

"那里一切都平静如常吧？"他焦急地问道。

"是的，平静如常。"我支吾着说，"你最好也回家去睡上一觉吧。"

他摇了摇头。

"我要在这里一直等到黛西上床休息。晚安，老兄。"

他将双手插进上衣口袋里，急切地恢复了他那房子守护者的神态，仿佛我的出现干扰了他神圣守护者的职责似的。于是我走开了，让他一人伫立在月光中——守护着那虚幻之境。

# 第八章

盖茨比从内心深切地感悟到金钱能使人永葆青春、保持生活的神秘感；时装使人的外表光鲜华丽；而财富使黛西的人生如白银般熠熠生辉，使其高踞世人之上而睥睨穷人挣扎于困苦生活的水深火热之中。

那天晚上我整夜都无法入眠。海湾上的雾笛没完没了地鸣鸣作响，我仿佛生病了般在床上辗转反侧，挣扎于离奇古怪的现实和凶险可怖的噩梦之间。临近拂晓时分，我听见一辆出租车开上盖茨比家的车道，就一骨碌翻身下床穿上衣服——直觉告诉我有话要对他讲，有件事情必须要提醒他注意，等到天亮恐怕就来不及了。

穿过他家的草坪，我看见他家的大门依然敞开着。盖茨比正在大厅里倚靠在一张桌子旁，由于沮丧或者困倦而显得神情疲惫不堪。

"什么事都没有发生,"他有气无力地说,"我在那儿一直呆到凌晨四点左右,她来到窗口,站了约摸一分钟,就关灯了。"

那天拂晓,我俩在那些大房间里四下寻找香烟的时候,我才见识到他的别墅内部是如此的宽敞了。我们掀开帐篷布似的厚重门帘,在黑暗中摸索着似乎了无边际的墙壁缓慢前行,寻找着电灯的开关。有一次我被一架"隐身"的钢琴绊了一脚,赫然有声地跌倒在键盘上。物件上都覆盖着厚厚的一层灰,所有的房间都散发出一种霉味,似乎已经有很多日子没有开窗换气了。我在一张不大熟悉的桌子上找到了一个保湿烟盒,里面剩有两根已变味的干瘪卷烟。我们把客厅里的落地窗推开,坐下来对着漆黑的夜色抽起烟来。

"你应该离开这儿,"我对他说,"他们肯定不会放过你那辆车的。"

"你是说现在就离开,老兄?"

"到大西洋城去呆一个星期,或是往北到蒙特利尔去。"

他甚至都不愿意考虑一下这个建议。在他知道下一步黛西准备怎么做之前,他是绝不可能离开黛西身边的。他还在抓着最后的一线希望不放,而我也不忍心劝他撒手。

就是这天晚上,他告诉了我他年轻时与丹·科迪之间发生的离奇故事——他之所以愿意对我坦承这件事,是因为"杰伊·盖茨比"这个"玻璃球"式的人物已被汤姆的"恶意之锤"砸得粉碎,那出冗长的神秘荒诞剧也已经谢幕了。我原以为他会毫不保留地告诉我一切,但他的话题却只与黛西有关。

她是他所结识的第一个"大家闺秀"。以前他也曾经以各种神秘的身份接触过不少这样的名门淑女，但缘于各种阻碍，总是浅尝辄止。他觉得她就是他的意中之人。他到她家去做客，起先是和泰勒兵营的其他军官一起去，后来就单独前往。她的家境使他叹为观止——他以前从来没有进入过这么漂亮的豪宅，而使其更具有摄人心魄神秘气氛的，是黛西就居住于此——但是在她看来，她居住在这里犹如他待在军营的帐篷中那样稀松平常，不足为奇。整座房子带有一种神秘的寓意感，楼上的卧室比其他的卧室更加漂亮宜人；走廊里总会有一些欢快宜人的娱乐节目；更别提那些风流情事——不是那种已然发霉、仅存留于记忆中的陈年往事，而是鲜活的、使人喘不过气来的现实剧，犹如当下的时髦汽车和舞会中永不言凋谢的鲜花。更使他心动不已的是，在他之前曾有许多男子恋上了黛西——这个事实更加提升了她在他眼中的价值。他能够觉察到他们在房中留下的痕迹，感受到室内空气中弥漫着他们骚动的激情。

但是他心中明白只是出于机缘巧合他才得以在黛西家登堂入室，无论他作为杰伊·盖茨比可能会有怎样的锦绣前程，目前他也只是个默默无闻、一文不名的毛头小伙，而且他那身为他添光增彩的军官服装随时都可能从他双肩上滑落。因此，他充分把握住了时机。他贪婪地、不择手段地捕获了他的猎物：最终，他在十月的一个晚上占有了黛西，在明知没有任何权利去触摸她的手的情况下占有了黛西。

他本来应该鄙夷他的行为的，因为他确定无疑地是用蒙骗的手段占有了她。我这么说倒不是因为他用莫须有的百万美元家产引诱了她，而是他蓄意给黛西造成了一种安全感，让她相信他俩同属一个社会阶层——并且他完全有能力照料她的生活，而实际上，他却匮乏这种能力——他没有显赫的家庭背景，而且只要冷漠的政府一声令下，作为军人的他随时都会浪迹到天涯海角。

但是他并没有鄙夷自己的所作所为，而且事情的发展也颇令他感到意外。他起初可能只打算尽其可能找点乐子，然后拍屁股走人——但却发现自己掉入了"温柔陷阱"里。他早知道黛西与众不同，但却不知道一个"大家闺秀"竟然会如此的与众不同。事发后她立刻隐身于她那豪宅之中，回归她那富有舒适的生活方式，没给盖茨比留下一点念想。他只是感觉到自己和她合二为一了，如此而已。

直到两天之后，当他俩再次会面时，反倒是盖茨比显得十分激动，仿佛他本人是被骗的一方。在星光照耀下的她家门廊里，她转过身来让他吻她那张奇妙、可爱的嘴时，身下时尚的柳条长靠椅发出吱吱呀呀的声响。她有点感冒，这使她的嗓音听上去比平时更沙哑、更迷人。此时盖茨比从内心深切地感悟到金钱能使人永葆青春、保持生活的神秘感；时装使人的外表光鲜华丽；而财富使黛西的人生如白银般熠熠生辉，使其高踞世人之上而睥睨穷人挣扎于困苦生活的水深火热之中。

"我现在真是无法向你描述当时我发现爱上她以后的惊讶心情，老兄。有一阵子我甚至希望她能弃我而去，但是她没有这么干，因为她也爱上了我。她认为我这个人见多识广，因为我知道的东西她闻所未闻……唉，我就只能随遇而安了，抛弃了我的理想，对她的爱与时俱增，忽然之间我对一切都无所谓了。如果我能够向她诉说我的心思，并且日子过得更为惬意，那又何必去刻意追求做什么大事呢?"

在他被派往海外之前的最后一个下午，他将黛西搂抱在怀中默坐了很长的时间。那是一个颇有寒意的秋日，壁炉里生起了火，她的脸蛋红扑扑的。黛西在他的怀中不时地扭动一下身子，他也随时调整一下抱姿，有一次还顺便吻了一下她那乌黑油亮的秀发。整个下午他们就这样默默无语地搂抱在一起，仿佛要在他们的记忆中留下一段不灭的记忆，因为从第二天起他们就必须要承受长期分离之痛了。她默默地用双唇抚弄着他上衣的肩头，而他摩挲着她的指尖，仿佛她已经酣然入梦。在他俩相爱的这一个月里，他俩还从来没有显现得如此的亲密无间，如此的心有灵犀。

他在战争中表现得十分出色。上前线前他是一名上尉，阿贡战役之后他晋升为少校，当上了师属机枪连的指挥官。大战结束后，他迫不及待地要求退役返乡，但出于某些复杂的原因或是阴错阳差，他却被送到了牛津。他此时有些担心焦虑了——因为黛西的来信中流露出紧张绝望的情绪。她不明白他为何不能返回家乡。她正承受着外界的压力，因此需要见到他，感受到他就陪伴在她身旁，给她做对的事情的信心。

毕竟当时黛西还很年轻，在少女的梦幻世界里充盈着盛开的兰花、世俗的欢愉和喧哗的管弦乐曲，这些乐曲奠定了当下社会的时髦基调，新的旋律中蕴含着生命的悲情和启迪。萨克斯管通宵达旦地演奏着《比尔街爵士乐》颓丧的曲调，成百双或金黄或银白的舞鞋踏扬起奢华的浮尘。每天晚茶时分，总有一些大户人家的客厅里回荡着这种低沉而甜蜜的狂热旋律，而一张张娇嫩的脸蛋在其间飘来浮去，犹如被哀怨的铜管乐器吹落了一地的玫瑰花瓣。

随着社交季节的来临，黛西又游刃有余地行走于这光怪陆离的情色世界了。忽然间她每天又有五六次约会，分别与不同的男人见面，每天玩到拂晓时分才昏头涨脑地睡去，晚礼服就随意扔在床边的地板上，装饰的珠子和薄纱与枯萎的兰花混杂在一处。而在这整个期间她内心深处却渴望着作出抉择。她必须立马解决自己的终身大事，刻不容缓——而这必须借助某种推力——爱情也好，金钱也罢，总之要是能实实在在抓在手里的东西。

而这种推力在那年仲春随着汤姆·布坎南的出现而形成了。他的身体和地位都很有分量，黛西有点喜出望外的感觉。毫无疑问，她内心经历了一番挣扎，但总归释然了。盖茨比在收到那封信时，还身在牛津。

此时的长岛天已破晓，我们将楼下其他的窗子全都打开，房内的色调由一片昏暗转变为金黄的亮色。满地的露水倒映出一棵树的轮廓，精灵般的小鸟在墨绿色的繁枝间啼唱。清新的空气中有一种令人心旷神怡的拂动，很难称得上是风，预示着一个凉爽宜人的白天。

"我相信她从未爱过他，"盖茨比从一扇窗前转过身来，用挑战的眼神盯住我，"老兄，你想必还记得，她昨天下午情绪非常激动。他与她讲那些话的方式把她吓坏了——他将我描述成一个一文不值的骗子，结果她根本就不知道自己说了些什么。"

他闷闷不乐地坐下来。

"当然，在他们新婚燕尔时，她可能爱过他那么一小会儿——但即便在那时，她也是爱我更多一些，你明白吗？"

突然，他嘴中冒出了一句匪夷所思的话。

"无论如何，"他说道，"这只是我的私事罢了。"

除了猜测他对这段感情纠葛的某些看法偏执到不可理喻的地步，你还能怎样去理解这句话呢？

汤姆和黛西还在蜜月旅行的时候，盖茨比从法国回来了①。利用仅余的复员费，他悲愤决绝地去了一趟路易斯维尔。他在那儿呆了一星期，重走了一遍他俩当年在十一月的夜晚并肩漫步过的街道，重游了他们开着她那辆白色小汽车去过的那些僻静之地。正如在他的心目中，黛西的家总是比其他人家更神秘和欢乐，尽管她已经离开此地，他仍然觉得这座城市本身充满了一种感伤的美。

他离开了这座城市，走时心中有这样一种感觉，如果他努力去寻找，说不定会发现她的踪迹——而他将她留在身后了。硬座车厢——他的钱已经花光了——里面闷热难耐。他走到连接通道上，在一张折叠椅上坐下。车站从身旁滑过，一幢幢陌生建筑物的背影闪过眼前，接着火车驰进春天的原野，和一辆黄色的电车并排疾驰了一会儿，电车里的乘客，说不定有谁在

---

① 原文如此——译者注。

哪条大街上碰巧见到过她那张哀婉动人的脸庞。

铁轨拐了一个弧线，此时火车背对着太阳前行，落日的余晖洒满大地，仿佛在为这个逐渐远去、黛西曾在此生活过的城市祈福。他绝望地伸出一只手，仿佛想握住一缕空气，以留存住她爱恋他之地的记忆片断，但在泪眼朦胧之中，这一切均转瞬即逝，他心中明白，他生活经历中最鲜活、最美好的部分已然失去，并且一去不复返了。

我们吃完早餐，来到游廊中时，已经九点钟了。一夜之间天气骤然发生了变化，竟然有点秋天的意味了。一名园丁——盖茨比先前雇用的那批佣人中硕果仅存的那一位——来到了台阶下。

"盖茨比先生，我今天准备将游泳池中的水放干。树很快就会开始落叶了，到时候容易堵塞管道。"

"今天别放水。"盖茨比吩咐道。他转身对我语带歉意地说道："你知道吗，老兄，今年夏天我还没下去游过一次泳呢。"

我看了看表，站起身来。

"还有十二分钟我乘坐的那班火车就要开了。"

我并不想进城去。我没有上班的心思，但更为重要的是——我不想离开盖茨比。我错过了那班火车；在我勉强动身离开之前，又错过了一班。

"我会给你打电话的。"最终我说道。

"别忘了，老兄。"

"我中午前后给你打电话。"

我俩缓步走下台阶。

"我想黛西也会打电话来的。"他急切地看着我，仿佛盼望着我的确认。

"我想她会的。"

"那么，再见。"

我们握了握手，于是我转身离去了。快走到篱笆跟前时，我想起了一件事，又转过身来。

"他们是一帮混蛋，"我隔着草坪朝他喊道，"那帮混蛋绑在一起也比不上你一个人！"

后来每当我想起对他喊过这句话，我就感到很高兴。这是我对他说过的唯一一句赞美的话，因为我从始至终都不赞同他的做法。听到这句话后开始他只是礼貌性的点点头，然后脸上绽开了会意的笑容，仿佛我俩在这件事上从一开始就有朋比为奸的味道。他身上穿的那套粉红色华服在白色台阶的衬托下显得光耀夺目，使我不由得想起三个月前我第一次踏进他那仿古别墅时的情形。当时他家的草坪和私人车道上人头攒动，大家在心中各自猜测着他的犯罪行径——而他却隐藏住心中不变的信念，镇定自若地站在台阶上和大家挥手道别。

我对他的殷勤款待表示谢意。我与其他的来客一样，总是由于这个缘由而感谢他。

"再见，"我大声喊道，"谢谢你的早餐，盖茨比。"

进城之后，我强打精神处理了一下那些永远都处理不完的股票行情表单，就在转椅上睡着了。接近正午时分，电话铃声将我惊醒了，额头上冒出了汗珠。电话是乔丹·贝克打过来的。她通常在这个时间点上给我打电话，因为她的行踪飘忽不定，不是在饭店、俱乐部里，就是在私人住宅里，我很难用其他方式找到她。通常她在电话中的嗓音都是清脆悦耳的，犹如一块从绿莹莹的高尔夫球场飞进办公室的草皮，但在今天上午，她的声音听上去却显得生硬干涩。

"我已经离开了黛西的家，"她告知我说，"此刻在亨普斯特德①，今天下午要赶到南安普敦去。"

也许她离开黛西的家是一种明智的选择，但是这种做法惹恼了我，她接下来说的话更使我生气。

"你昨天晚上对我可不怎么好。"

"在那种情况下，你叫我怎么办呢？"

她沉默不语了一会儿，接着说：

"算了吧……我想见你。"

"我也想见你。"

"那我就不去南安普敦了，下午就进城来，好吗？"

"别……今天下午不行。"

"那就这样吧。"

"今天下午实在是不行，各种各样的……"

我俩就如此这般地聊了一会儿，忽然间就感到彼此间无话可说了。我不知道我俩是谁先将电话"啪"的一声挂断了，但我知道我不在乎。我那天下午实在没有心情陪她喝茶聊天，哪怕付出她以后永不和我说话的代价。

---

① 纽约州东南长岛西部一小镇，距离纽约市区大约三十英里——译者注。

几分钟以后，我往盖茨比家打电话，但是电话占线。我一连拨了四次，最后，一个气急败坏的接线员告诉我那条线路正在等候来自底特律的长途电话。我找出列车时刻表，在3点50分的那班火车上画了一个圆圈，然后，我靠在椅子上沉思了一会儿，这时正是中午时分。

那天早晨我乘火车经过灰土堆的时候，我特意走到车厢的另一边去观望了一下。我猜想那儿整天都会有一群好奇的人们围观，小男孩们在尘土中找寻黑色的血斑，还有爱饶舌的人反复描述着车祸发生的过程，一直说到连自己也觉得愈来愈离奇，都不好意思继续往下说了。就这样，梅特尔·威尔逊凄惨的结局被人们逐渐淡忘。因此，我现在要倒叙一下那天夜里我们离开车行后，那里发生的事情。

他们那天晚上费了好大的劲才找到威尔逊太太的妹妹凯瑟琳。她那天晚上一定是打破了自己不沾酒的戒律，因为她赶到现场时已经喝得云里雾里的，怎么也无法理解救护车已开到弗勒兴去了这一事实。等他们最终使她相信了这一点时，她立刻就昏厥过去了，仿佛这一点是整个事故中最令人难以接受的部分似的。现场有个人，或是出于好心或是受好奇心驱使，让她上了他的车子，追着运送她姐姐遗体的车子一路跟了过去。

午夜已过去许久，还是不断有人赶来，聚集在车行前面，而乔治·威尔逊还在车行里的长沙发上不停地前后摇晃着身子。起先办公室的门是敞开着的，每一个走进车行的人都禁不住朝办公室瞄上一眼；后来有人说这也太不像话了，才将门关上。米凯利斯和其他几个男人陪着他，开始时有四五个人，后来剩下两三个人。再挨到后来，米凯利斯不得不请求最后一个在场的陌生人再多呆十五分钟的时间，他得空回家煮了一壶咖啡。最后，他独自一人在那儿陪着威尔逊，直到天色破晓。

大约在凌晨三点钟，威尔逊那断断续续的自言自语内容发生了改变——他逐渐镇静下来，开始谈起那辆黄色的汽车。他声称他有办法查出那辆车的车主；接着又脱口说出如下事实：他的老婆两个月前从城里回来，被人揍得鼻青脸肿。

但是当他后来意识到自己说了这些话后，他蜷缩起身子，大声叫道："哦，我的天啊！"此时又恢复了他那呻吟般的语调。而米凯利斯却笨口拙舌地试图分散他的注意力。

"乔治，你结婚多长时间了？得了，安静地呆一会儿，回答我的问题：你结婚有多长时间了？"

"十二年了。"

"有小孩吗？来吧，乔治，坐着别动——我在问你话呢。你有孩子吗？"

棕色的硬壳甲虫不停地朝昏暗的电灯泡上硬撞乱碰，每当米凯利斯听到门外的公路上有汽车呼啸而过，他就觉得听上去就像是几个小时前肇事逃逸的那辆车。他不愿意走到外面的修理间，因为那张停放过尸体的工作台仍沾有死者的血迹，所以他只好不安地在办公室里兜着圈子。因此，在天亮之前他已熟悉了办公室的全部摆设，并不时地坐到威尔逊身旁，试着使他安静下来。

"乔治，你有一个经常会去做礼拜的教堂吗？也许你已经有好长时间没去过了吧？也许我可以给教堂打个电话，请他们派个牧师来和你谈谈，好吗？"

"我没有常去的教堂。"

"你应当去教堂，乔治，碰到这种关键的时候更应该去。你从前一定是去过教堂的，难道你不是在教堂里结的婚吗？听着，乔治，请听我说。难道你不是在教堂结的婚吗？"

"那都是好久以前的事了。"

回答问题打断了威尔逊前后摇晃的节奏，他安静了一会儿。然后，他那双昏花的眼睛又流露出早先那种半清醒半迷糊的眼神。

"打开那个抽屉看看。"他说道，同时用手指了指那张办公桌。

"哪一个抽屉？"

"那个抽屉——就是那一个。"

米凯利斯打开了离他手边最近的那个抽屉。里面没什么其他的物件，只有一根细长贵重的拴狗链，是用皮革和银线编织而成的，看上去还是新的。

"是这东西吗？"他举起拴狗链问道。

威尔逊看了一下，点点头。"我昨天下午发现它的。她想方设法想证明它的来历，但我知道这里面肯定有些名堂。"

"你是说这是你太太买来的吗？"

"她用薄纸包着放在梳妆台上。"

米凯利斯却看不出这里面有些什么名堂。他对威尔逊列举了十多个理由来证明他老婆为什么会买下这条拴狗链，但显然威尔逊早已从梅特尔那里听过其中的某些理由了，因为他又喃喃地哼起"我的天啊!"——劝慰他的人只好将其他的理由咽进肚子里了。

"那么是他杀害了她。"威尔逊说道,他的嘴巴突然张得老大。

"谁杀害了她?"

"我有办法查出来。"

"你这是在胡思乱想,乔治,"他的朋友说,"你受了刺激,自己都不知道在说些什么。你还是安静沉稳地坐着,等到天亮再说。"

"他谋杀了她。"

"这是一场车祸,乔治。"

威尔逊摇摇头。他将眼睛眯成一条缝,嘴巴微微张开,颇不以为然地轻轻"哼"了一声。

"我知道,"他十分确定地说,"我是一个信任别人的人,从没想过去伤害任何人,但是只要我想明白了一件事,那就一定错不了。就是开那辆小车的那个男人,她跑过去想和他说话,但是他却不想将车停下来。"

米凯利斯也见到了这个场景,但却没有看出这有什么特别的含义。他以为威尔逊太太当时是急于想从她丈夫身边逃开,而不是去想拦住某辆特定的汽车。

"她怎么可能那么干呢?"

"她是一个很有心计的女人,"威尔逊说道,仿佛这就回答了那个问题,"啊——哟——哟——"

他又开始前后摇晃起身子,米凯利斯无助地站在他身边,用手转动着那条拴狗链。

"或许你有什么朋友我可以打电话请过来帮帮忙吧，乔治?"

这无疑是一句废话——他几乎可以肯定威尔逊没有一个朋友，他甚至连自己与老婆的关系都处理不好。又待了一会儿，当他发现室内的光线起了某种变化时，心中不由地高兴起来，窗户上泛起了青白色，已接近黎明时分了。大约五点钟时，室外已是曙光初照，可以关上室内的灯了。

威尔逊呆滞的目光转向了室外的灰土堆，那里的天空有小块的灰色云团，浮现出各种怪异的形状，在晨曦微风的轻拂下飘来荡去。

"我跟她谈过，"在沉默了很长一段时间后他喃喃说道，"她也许可以愚弄我，但她绝对骗不了上帝。我将她带到窗口，"他费力地站起身子，走到室内后部的窗子跟前，将脸紧贴在窗子上。"然后我说，'上帝知道你在干什么，知道你所做的一切事情。你可以愚弄我，但是你骗不了上帝!'"

米凯利斯站在他身后，吃惊地发现他正紧盯着 T. J. 埃克尔堡大夫的眼睛，那双眼睛刚刚从逐渐消散的夜色中显现出来，显得黯淡无光，大而无神。

"上帝洞察一切。"威尔逊重复地说道。

"那只是一幅广告画罢了。"米凯利斯抚慰他道。室内不知是什么东西吸引了他的注意力，他从窗前掉转身子，观察着室内。但是威尔逊在窗前站了很长一段时间，脸紧靠着玻璃窗，冲着窗外的曙光不住地点头。

到清晨六点钟，米凯利斯已是身心俱疲了，终于听到有辆车在车行外停了下来，不由得心中感到庆幸。来人是昨夜陪护人当中的一个，走时应允了要再回来的，于是他做了三个人的早餐，他和那个人一起吃了。威尔逊比昨晚安静了许多，于是米凯利斯就回家补觉了。四小时后他睡醒过来，急匆匆地赶回车行，威尔逊已不见踪影。

他的行踪——他一直都是步行的——事后查明先是来到了罗斯福港，从那里又去了加兹山。在那儿他买了一份三明治，但并没有吃，还买了一杯咖啡。他一定很疲惫，走路的速度很慢，因为他走到加兹山时，已是正午时分了。到此地为止，查明他的行踪并不困难——有几个男孩说他们看到过一个"行为癫狂"的男人；还有几个过路司机记得他站在路边用古怪的眼色盯过他们。以后的三个小时，他就在公众的视线中消失了。警方根据他对米凯利斯所言提供的线索，"有办法查个水落石出"，他们猜想在那段时间里，他可能在当地每家车行转悠，向人们打听一辆黄色小汽车的有关讯息。可是另一方面，他可能压根就不会在车行里露面，他自有更简便、更可靠的方法打听到他想得知的讯息。下午两点半钟的光景，他来到西半岛，向当地人打听去盖茨比别墅的道路。那么，到此时他已经知道盖茨比这个名字了。

下午两点钟时盖茨比换上泳裤，吩咐管家如果有人打电话来，就到游泳池边给他报个信。他先来到汽车间取了一个橡皮充气垫，整个夏天他的客人都躺在上面玩乐。司机帮他将垫子充足了气，然后他嘱咐司机，在任何情况下都不能将那辆敞篷车开出去——这个命令听上去有些不可思议，因为这辆车前面右侧的挡泥板确实需要到车行去修理了。

盖茨比将气垫扛在肩上，向游泳池走去。有一次他停下来换了一下肩，司机问他需不需要帮忙，但是他摇了一下头，一会儿就消失在树叶泛黄的树林中了。

并没有人给盖茨比家打电话，可是男管家也没敢睡午觉，在电话机旁一直守候到下午四点钟——此时即使有人打电话进来，盖茨比也无法接听了。我推测盖茨比本人也不相信有人会给他打电话，而对此事他已觉得无所谓了。如果情形确实如此的话，他心中一定会感悟到他已然失去了昔日那个温暖的世界；感知到为了一个单一的梦想，他付出了高昂的代价。他一定曾经透过蜷缩的枝叶仰望过那一片陌生的天空，不由得浑身发抖，犹如他骤然发现玫瑰花的畸形怪样、骄阳残酷地摧残着刚发芽的嫩草一般心头发颤。这是一个崭新的世界，是一个物质的世界，亦是一个虚幻的世界。在这个世界里，幽灵般的凡夫俗子，视梦想为须臾不可离的空气，漫无目的地四处游荡……犹如那个面色死灰、行动诡异的人穿过杂乱的树丛，悄没声息地朝他逼近。

那个司机——他是沃尔夫山姆的手下——听到了几声枪响，事后他说他并没有想到会发生什么意外。我将车直接从火车站开到盖茨比的别墅前，等我急匆匆地踏上别墅大门的台阶时，别墅内的人才知道出了大事了。但是我坚持认为他们当时已知道了这件事。我们四个人，司机、管家、园丁和我，一言不发地奔到游泳室旁边。

清水从游泳池的一端流进池内，又流向另一端的溢水管，肉眼很难察觉到水体的流动，只是水面上泛起一阵涟漪。那只气垫在泳池内漫无目的地漂动着，微风虽吹不动一池清水，却足以干扰到负重气垫的漂动方向。聚集的一堆落叶绕着它缓慢打转，犹如经纬仪的指针一样，在水面上勾勒出一道细细的圆圈。

就在我们抬着盖茨比的遗体返回别墅的路上，园丁在离路不远的草丛中发现了威尔逊的尸体，于是这场血腥的杀戮结束了。

# 第九章

盖茨比笃信那束绿色的灯光，它代表着已从我们眼前逝去的流金岁月。它已弃我们而去，不过没有关系，明天我们追逐的脚步会更快，胳膊会伸得更长……直到一个宁静的清晨……

……于是，我们勉力向前划去，但逆流而上的命运小舟，却不断被生活的波浪推至起航的原点。

事隔两年，现在回想起来，我只依稀记得出事那天白天余下的时间、那天晚上以及第二天，一茬接一茬的警察、摄影记者和新闻记者在盖茨比别墅的大门口走马灯似的穿梭进出。正门外拉起了警戒线，旁边站着一名警察把守着，闲杂人等一概不许入内。但是小男孩们很快就发现可以从我住的院子里绕道进去，因此总有几个一副惊呆模样的小男孩聚集在游泳池周边。那天下午，来了一位一脸正气的人物，也许是一名侦探，俯身查看威尔逊的尸体时嘴中冒出了"疯子"这个词。由于他说话的口吻颇具权威性，这个词就变成为了第二天所有报纸报道这桩惨案的基调。

大多数对此案的报道都演变成一场梦魇——离奇古怪、捕风捉影、过分渲染而且严重失实。在询问相关证人环节，米凯利斯作的证词透露出威尔逊怀疑他的妻子有外遇，我本来以为整个故事会绘声绘色地刊登在当地的黄色小报上——不料原以为会信口开河的凯瑟琳此时却守口如瓶。她充分展示出了其性格倔强的一面——在修饰过的眉毛下面，那双眼睛坚定地直视着验尸官，发誓说她姐姐从未见过盖茨比；她姐姐的夫妻生活完美无缺；她姐姐从未有过品行不端的行为。她巧舌如簧，说的话连自己都信以为真。她用手帕遮住脸痛哭失声，仿佛这种指责本身就已使她痛不欲生。因而，为了不使案情复杂化，威尔逊就被简单定性为一个"因悲伤过度而致神经错乱"的人，此案也就这样了结了。

但现在再说起这些似乎都已时过境迁且无关紧要了。我发现自己是站在盖茨比这边的，而且是在孤身奋战。自从我将电话打到西半岛镇报告惨案那一时刻开始，每一种对他的揣测，每一个实际的问题都汇集到了我这里，起初我感到既惊讶又迷惑不解，后来时间分分秒秒地飞逝而去，盖茨比就那么僵硬地躺在他的别墅里，既不能呼吸，又不会再开口说话，我才明白我将担负的责任。因为除了我之外，再没有其他人对这件事感兴趣——我这里所说的兴趣，指的是每个人死后都应该得到的别人对他或多或少的关爱之情。

在我们发现盖茨比遗体半小时之后，出于本能，我毫不迟疑地给黛西打了电话，但是她和汤姆那天下午一早就出门了，还随身带上了行李。

"留下联系方式了吗？"

"没有。"

"说过什么时间回来吗？"

"没有。"

"知道他们去哪儿了吗？我怎样才能和他们取得联系呢？"

"我不知道。说不清楚。"

我真想给他找一个帮手。我想走进他躺着的那个房间亲口告诉他："我会给你找到帮手的，盖茨比。别担心，请相信我，我一定会给你找个帮手的……"

迈耶·沃尔夫山姆的名字不在电话簿中。男管家将他百老汇办公室的地址给了我，我又打电话到电话号码查询台，但是当我有了电话号码后，时间早已过了下午五点钟，此时已经没有人接电话了。

"请您再接一次好吗？"

"我已经接过三次了。"

"我有非常要紧的事情。"

"对不起，那边恐怕已没有人接电话了。"

我返身走回客厅，房间里已挤满了一群人。起初我以为他们是一群不请自来的客人，后来才弄清他们是政府的人。他们掀开被单，用吃惊的目光打量着盖茨比的遗体，而我满脑子里回荡着的是他的抗议之声："我说，老兄，快找个人来帮帮我，你必须再想想办法。你不能让我一个人在这里孤零零地遭罪啊。"

有人开始向我提出问题，我摆脱他们跑上了楼，急匆匆地翻查了一下书桌上没上锁的那些抽屉——他从来没有明确地告知我他的父母已经过世了，但是什么线索也没有找到——只有丹·科迪的那张照片，那已被遗忘的暴力生活的象征，双眼从墙上向下凝望着。

第二天早上，我派男管家上纽约城给沃尔夫山姆送去一封信，信中向他询问一些相关情况，并恳请他务必赶乘下一班火车过来。写信时我觉得这请求纯属多此一举，我确信他一看到报纸上的新闻就会立马赶过来，就如我确信中午以前黛西肯定会发电报回来一样——可是没接到电报，沃尔夫山姆先生也踪迹全无。除了蜂拥而至的警察、摄影记者和新闻记者之外，没有任何人前来吊唁。当男管家带回沃尔夫山姆的回信后，我开始怀有一种蔑视尘世的感觉。我觉得我与盖茨比心有相戚焉，鄙视他们所有的人。

　　亲爱的卡拉韦先生：

　　　　此噩耗使我感到万分震惊，几乎难以相信此为事实。此人所干的疯狂举动值得我们深思。因本人有重要事务缠身，实不能为此事分身，故无法前来予以协助。如稍后有任何事情需要我的帮助，请不吝委派埃德加通知于我。闻听此事后，我有不知今夕是何年、身心俱伤之感。

　　　　　　　　　　　　　　　您真诚的：

　　　　　　　　　　　　　　　迈耶·沃尔夫山姆

随后又在正文下面匆忙附上了一笔：

请告知我有关葬礼的事宜。又及：我根本不认识他的家人。

那天下午电话铃声响起，长途台通知芝加哥有电话打过来，我以为黛西终于来电话了。但等到接通电话后，传来的却是一个男人的声音，嗓音微弱而显得十分遥远。

"我是斯莱格尔……"

"是吗？"这名字听上去十分陌生。

"票据糟透了，是不是？收到我的电报了吗？"

"我没收到任何电报。"

"小帕克惹上麻烦了，"他说话的语速极快。"他在柜台上交付股票的时候，被他们给当场逮住了。就在五分钟之前，那些家伙从纽约得到通知，知道了股票的号码。唉，这种事谁又能事先预料到呢？在乡下这种地方你压根就想不到……"

"喂！"我屏住呼吸打断他的话。"你听我说——我不是盖茨比先生。盖茨比先生已经死了。"

电话线那头的人沉默无语了很长一段时间，接着传来一声惊叫……然后"咔嚓"一声，电话被挂断了。我记得是在盖茨比死后的第三天，从明尼苏达州的一个小城镇发来了一封署名为亨利·C.盖茨的电报。电报中说发报人马上就动身，要求等他到达后再举行葬礼。

这就是盖茨比的父亲，一个表情严肃的老人，显得十分无助，非常沮丧。在这温暖的九月天，他身上却裹着一件廉价的长外套。他两眼流着伤感的泪水。我从他手里把旅行袋和雨伞接过来时，他开始不住地用手去扯拉他那稀疏的灰白胡须，我费了老大劲才帮他将外套脱了下来。他精神已濒于崩溃的边缘，于是我将他引至音乐室坐下，然后叫人给他弄点东西吃。但是他却吃不进去，连那杯牛奶也从他颤个不停的手里泼洒了出来。

"我是在芝加哥当地的报纸上看到这个消息的，"他说道，"芝加哥的报纸全刊登了这个消息。我得知后马上就动身了。"

"我不知道您的联系地址。"

他的眼睛不停地在房间内打量着，但却似乎视而不见。

"是一个疯子干的，"他说，"他一定是发疯了。"

"您喝一杯咖啡好吗？"我劝他道。

"我什么都不想喝。我现在好多了。您是……"

"卡拉韦。"

"嗯，我现在好多了。他们将吉米停放在哪儿了？"

我将他领进客厅，他儿子就停放在那个地方，让他与他儿子单独待一会儿。有几个小男孩爬上了台阶，正探头探脑地朝门厅内张望，当我告诉他们来者是谁时，他们极不情愿地离开了。

过了一会儿，盖兹先生打开客厅门走了出来，他的嘴巴微微张开，脸色稍微有点泛红，两眼时断时续地洒下几滴泪水。他已经有一大把年纪了，死亡并不会使他感到心惊胆颤。这时他才第一次仔细观察所处的环境。他看见门厅豪华气派，与其相接的房间宽敞明亮，房房相接，富丽堂皇，其悲伤的情绪中又掺杂了些许生畏与自豪之情。我将他搀扶到楼上的一间卧室

中休息。在他脱掉外套和马甲的时候，我告诉他丧事的安排等他到来之后才会做决定。

"我不知道你有什么要求，盖茨比先生……"

"我姓盖兹。"

"盖兹先生，我想您也许打算把遗体运回西部去。"

他摇了摇头。

"吉米向来都喜欢东部。他是在东部出人头地的。您是我儿子的朋友吗，先生？"

"我们是很要好的朋友。"

"你知道吧，他是有远大前程的。他还很年轻，但他在这个地方很有能力。"

他煞有介事地用手碰碰自己的脑袋，我点点头。

"假如他还能活下去的话，他会成为一个大人物的，成为像詹姆斯·J.希尔①那样的人，他会为这个国家建功立业的。"

"那是一定的。"我尴尬地随声附和道。

他笨拙地拉扯着绣花床罩，想将它从床上揭下来，然后就直挺挺地躺下去——很快就睡着了。

那天晚上，一个显然受到了惊吓的人打电话来，而且一定要我先报上姓甚名谁，才肯说出自己的尊姓大名。

"我是卡拉韦。"我说。

"哦，"他的语气听上去有一种如释重负的感觉。"我是克利

---

① 詹姆斯·J. 希尔（1838—1916），美国金融家和铁路建筑家，曾任圣保罗铁路公司总经理和董事长、北方证券公司总经理等——译者注。

普斯普林格。"

我也松了一口气，这就意味着又能有一个朋友来为盖茨比送葬了。我并不想在报纸上刊登讣告，招来一大帮围观的人群，所以我用电话联系的方式通知了几个人，他们可真是难找。

"明天举行葬礼，"我说，"下午3点钟，就在别墅里。我希望你能转告那些愿意来参加葬礼的人。"

"哦，我会转告的，"他语气匆忙地应允道，"当然啦，我碰不上什么人，但如果碰上了，我会的。"

他说话的语气使我疑窦丛生。

"你当然是会来参加葬礼的，是吧？"

"嗯，我努力争取吧。我打电话来是想问……"

"等一下，"我打断他道，"先把你来的事情确定下来好吗？"

"嗯，情况是这样的，当下我和几个朋友在格林威治，他们希望明天我和他们待在一起。实际上，明天我们要去野餐或举行类似的聚会。当然，我会想办法看是否能够脱身前来。"

我忍不住地"哼"了一声，他一定是听到了，因为他神经兮兮地往下说："我打电话来是因为我的一双鞋落在别墅了，不知道能否麻烦你让管家给我寄过来。你知道吗，那可是一双网球鞋，没它我可真不知该怎么办。我的地址是 B. F. ……"

还没等他将地址说全，我就挂上了电话。

在这之后还发生了一件事，使我为盖茨比感到羞愧难当。我打电话告知一位绅士，他竟在电话里暗寓盖茨比是罪有应得。然而，这是我的过错，因为他是那些喝高了盖茨比家的酒，就借酒装疯对盖茨比冷嘲热讽的客人中的一位，我本来就不应该打电话通知他的。

举行葬礼的那天早上，我上纽约去找迈耶·沃尔夫山姆，因为我用别的方式已都联系不上他了。在电梯工的指点下，我推开了一扇门，上面钉着"万吉控股公司"的招牌。房间里似乎空无一人，但是，在我大声喊了几声"有人吗"无人应答之后，从一个隔间内忽然传出争辩的声音。紧接着，一个漂亮的犹太女人出现在里间的门口，用含有敌意的黑眼珠上下打量着我。

"里面没人，"她对我说，"沃尔夫山姆先生到芝加哥去了。"

前一句话明显是在撒谎，因为里间有人用不成调的口哨吹响了《玫瑰曲》。

"请转告一声，卡拉韦先生想见他。"

"我又不能将他从芝加哥变回来，对不对？"

恰在此时，一个声音，毫无疑问是沃尔夫山姆本人的声音，从里间房门内喊道："斯特拉！"

"将你的名字留在桌上的记事簿上，"她语速极快地说，"等他回来后我会呈报给他。"

"但我知道他人就在里屋。"

她朝我身前跨了一步，两只手愤怒地沿着髋部上下移动。

"你们这些年轻家伙自以为可以随时闯进来，"她斥责道，"我们已经受够了。我说他在芝加哥，他就在芝加哥。"

我说出了盖茨比的名字。

"哦……啊！"她又重新审视了我一番。"请您稍微……您叫什么名字？"

　　她很快闪了。没一会儿工夫，迈耶·沃尔夫山姆就一脸肃穆地出现在里屋门口，向我伸开双臂表示欢迎。他将我拉进他的办公室，用一种庄严的口吻说这种时刻我们都感到十分难过，并递给我一支雪茄烟。

　　"我还记得第一次与他见面时的情景，"他追忆道，"当时他还是一个刚退役的年轻少校，胸前挂满了在战场上获得的勋章。他那时候手头很紧，买不起便装，只好整天穿着军服。我第一次见到他时，他正走进第四十三大街怀恩勃兰纳开的弹子房找工作。他已经有两天没吃饭了。'跟我一起去吃午饭吧。'我对他说。不到半个小时他就吃下了四美元多的食物。"

　　"是你帮他做起生意来的吗？"我问他。

　　"帮他？是我一手成就了他。"

　　"哦。"

　　"是我教他白手起家、脱离贫困的。我一眼就认定他是一位举止得当、具有绅士风度的年轻人，再加上他告诉我他在纽津读过书，我就知道他将来可以派上大用场。我介绍他加入了美国退伍军人协会，他在协会里可是个显赫人物。不久之后，他就到奥尔巴尼①为我的一个客户服务。在所有的事情上就像这样并排齐肩，"他伸出了两只粗短的手指，"不弃不离。"

　　我好奇地想知道，他们这种亲密无间的合作是否也包括那桩 1919 年世界职业棒球锦标赛幕后交易案。

　　"可惜他已经过世了，"停了一会儿我说道，"你是他生前最

---

　　① 纽约州首府——译者注。

亲密的朋友，所以我想你今天下午一定会去参加他的葬礼。"

"我是想去来着。"

"那就去吧。"

他鼻孔中的鼻毛微微地颤动起来。他摇了摇头，眼中噙满了泪水。

"我不能去……我不想被牵连进去。"他拒绝道。

"不存在牵连的事，一切都过去了。"

"凡是发生杀人案这样的事，无论如何我都不想与它扯上任何关系，我置身于事外。年轻时我可不这样——如果我的一个朋友死了，不管是如何死的，我会和他们缠斗到底。也许你会认为我是感情用事，可是我是说到做到的——同他们以命相博。"

我看出来，出于某种个人的原因，他是打定主意不参加葬礼了，于是我就站起身来。

"你上过大学吗?"他突然问道。

有那么一会儿，我还以为他想与我扯上点什么"关系"，但他只是点了点头，握了一下我的手。

"我们应当学会在朋友活着的时候讲交情，而不要等到他死了以后妄谈感情。"他总结式地说道，"人死之后，我个人的原则是不管闲事。"

在我离开他办公室之前，天色就已经阴沉了下来。我冒着霏霏细雨返回西半岛。换过衣服后我来到隔壁的别墅，看到盖兹先生神色激动地在大厅里走来走去。他对他儿子及其所拥有财富的自负心理一直在不断地膨胀，现在又有一件新东西要给我看。

"吉米寄给我的一张照片,"他手指颤抖着掏出一个钱包,"你瞧。"

这是一张这座别墅的照片,照片的四个角因被许多只手摸过而卷曲污损了。他急切地指给我看每一处细节。"瞧瞧这里!"然后察看我眼中是否流露出赞赏的表情。他曾经将这张照片给外人欣赏了无数次,我想在他眼中,照片中的别墅无疑比现实中的别墅显得更加真实。

"吉米寄给我的。我觉得这是一张很漂亮的照片,照得很清晰。"

"相当好。您最近见过您儿子吗?"

"他两年前回家看过我,并给我买下了现在住的房子。当然,当年他离家出走时我们十分伤心,不过现在我看出来当初他那么干是有理由的。他知道自己今后能飞黄腾达。而且他成功后一直对我很慷慨。"

他似乎很不情愿将照片放归原处,又将它在我眼前摇晃了一会儿,才将它收进钱包放了回去。然后,他又从上衣口袋里掏出一本破旧的老书,书名为《牛仔霍普郎·卡西迪》。

"你瞧,这是他小时候拥有的一本书,很能说明他的性格。"

他翻到书的封底,转过来让我看个仔细。在书底扉页上赫然印着**"作息时间表"**几个黑体字和日期 1906 年 12 月。下面写着:

上午6：00　　　　　起床

6：15—6：30　　　练哑铃、攀越运动

7：15—8：15　　　学习电学等课程

8：30—4：30　　　工作

4：30—5：00　　　棒球和其他运动

5：00—6：00　　　练习演讲和仪态

7：00—9：00　　　研究实用发明

### 个人保证

不再去谢夫特家或［另一家的名字，字迹已模糊不清］家虚耗时间

不再吸烟或嚼烟

隔一天洗一次澡

每周阅读一本有益于身心的书籍或杂志

每周存五美元［涂去］三美元

更加孝敬父母

"我无意间发现了这本书，"老人说，"很能说明他的性格，是吧？"

"的确如此。"

"吉米命中注定是要飞黄腾达的。他拥有诸如此类的坚定毅力。你注意到他在用什么方法来提升自己的思想了吗？他在这方面是出类拔萃的。有一次他说我吃饭的模样像猪，我就揍了他一顿。"

195

　　他很不情愿合上那本书，又大声地将每条读了一遍，然后用急切的目光瞅住我。我想他很希望我能将那张表格抄下来，以便今后好派上用场。

　　下午快到三点的时候，路德教会的一位牧师从弗拉辛赶到了别墅，于是我不由自主地朝窗外观察，看有没有其他的车过来，盖茨比的父亲也同样如此。随着时间一分一秒的流逝，佣人们都陆续来到大厅等候，老人开始焦急地眨巴起双眼，同时用担心而不确定的语调抱怨起下雨的天气来。牧师瞅了好几次戴的手表，我只好将他带到一边，央求他再等上半个小时，但是毫无用处，没有任何人前来。

　　下午五点钟左右，由三辆车组成的送葬队伍到达了墓地。在细密的小雨中，车队停在了墓地大门口。打头的是那辆灵车，黑黢黢、湿漉漉的，看上去有点瘆人；紧跟其后的是盖兹先生、牧师和我乘坐的大型轿车；再后面一点的是四五个家佣和西半岛镇邮差乘坐的那辆盖茨比家的旅行车。大家都被雨水淋得全身透湿。正当我们穿过大门朝墓地走去的时候，我听见有辆车在不远处停了下来，接着是有人踏着地上的积水在我们后面追赶的声音。我回头一看，原来是那位戴着猫头鹰式眼镜的男人。大约三个月前的那个晚上，我碰见过他在盖茨比家图书室里望着盖茨比的藏书惊叹不已。

　　从那晚以后我再也没有见过他，我不知道他是从何处知道今天举行葬礼的，我甚至都不知道他的尊姓大名。雨水顺着他的厚镜片往下流淌，他只好取下来擦擦，再看着那块遮雨的帆布从盖茨比的墓穴上被人卷起来。

此时此刻我极力想将心思放在盖茨比身上，但是他已弃我们而去，消失得无影无踪，我只想得起黛西，她既没有发来唁电，也没有献上一束花，但心中已全然没有怨恨之情了。我隐约听到有人在低声祈祷："愿逝者在雨中获得安息。"随后那位戴着猫头鹰眼镜的人用坚定的口吻应了一声："阿门！"

葬礼结束后我们冒雨快步返回车内。戴猫头鹰眼镜的人在墓地大门口与我寒暄了一会儿。

"我没能赶到他家去。"他说。

"其他人也都没能赶来。"

"不能吧！"他大吃一惊。"天啊，为什么会这样！他们过去可是拉帮结队地到他家去的。"

他又把眼镜摘了下来，把镜片从里到外都擦了一遍。

"这个可怜的家伙！"他感叹道。

我记忆中最生动的印象之一就是每年圣诞节从预备学校，以及后来从大学回到西部时的情景。那些要到芝加哥以外地区去的同学，总会约定在十二月某天的傍晚六点钟在那座老旧、昏暗的联邦车站内集合，与几位家就在芝加哥的同学匆匆话别，而他们此刻已沉浸在节日的欢乐之中。我记得那些从某某私立女校返家女生身上穿的毛皮大衣，以及她们在凛冽空气中唧喳的谈笑声，记得我们在拥挤人群中发现熟人的挥手致意，记得我们比较谁受到的邀请多："你是要到奥德韦家去吗？那么赫西家呢？舒尔策家呢？"还记得我们戴着手套的手里紧攥着的绿色长条火车票，还有那从芝加哥开往密尔沃基、圣保罗沿线的暗黄色列车，它们静卧在站台门口的轨道上，愈发衬托出了圣诞节的欢快气氛。

当我们的列车缓缓开出车站，驶进寒冬的黑夜和皑皑的白雪里，积雪从车轨的两旁向远方伸展，在车厢的玻璃窗外映照生辉，威斯康星州沿途的小火车站上昏暗的灯火一闪而过，旷野中不时刮过一阵阵凛冽的寒风。我们在餐车吃过晚餐，通过车厢连接过道往回走时，一路深深地呼吸着这沁人心脾的清新寒气。在这奇妙的短暂旅行时刻，在我们重新与这车轮下的大地不留痕迹地融为一体之前，我们难以言喻地深切体验到自己和这片热土之间的难以割离之情。

这就是我心中的中西部——不是成片的麦田、一望无际的草原，亦不是瑞典移民的小城小镇，而是我青春时代令人兴奋不已的返乡火车，是数九寒夜里的街灯及清脆的雪橇铃声，是冬青花环被窗内的灯光照映在雪地的倒影。我是它的有机组成部分。我因其冬季的漫长而对大自然怀有一种肃穆感；在我居住的那座城市，数代以来人们的住房都被称为某姓的住宅，我为能在卡拉韦住宅里长大而有点小小的自鸣得意感。我现在才弄明白我们的故事追根溯源只不过是西部的故事而已——汤姆和盖茨比、乔丹和我，我们都来自西部。也许，我们的性格中有些共通的不足之处，潜移默化地使我们难以适应东部的生活。

即使在西部最能拨动我心弦的时刻，即使我真切地感受到比之俄亥俄河对岸的那些枯燥乏味、零乱不堪、庞大臃肿的城镇，比之那些只有年幼的稚童和老态龙钟的老人才能幸免于永不休止的闲言碎语的无聊城镇，东部具有极大的优越性——即使在那些时刻，我也觉得东部多少有些被扭曲的味道。尤其是西半岛这个地方，仍是我挥之不去的梦魇。在我的梦境中，这个小镇就像艾尔·格列柯①画的一幅夜景图：上百所房屋，集传统与怪异与一身，匍匐在黑沉沉的夜空和一轮黯淡无光的月亮之下。画的前景表现的是四位神情严肃、身穿燕尾服的男子抬着一副担架在人行道上前行，担架上躺着一个喝得醉醺醺的女人，身上穿着一件白色的晚礼服。她一只手耷拉在担架外，手臂上佩戴的珠宝在黑暗中泛着寒光。那几个脸色凝重的男人拐进一所房子——却走错了地方。没有人知道女子的姓名，亦没有人在乎这一点。

盖茨比死了之后，东部留存在我脑海上的如上印象使我寝食难安，其扭曲的程度已非我目力可以矫正。所以，当空气中飘散起焚烧落叶的蓝色烟雾，料峭的寒风将晾在户外绳子上的换洗衣服吹得硬邦邦的时候，我打定主意要返回家乡了。

在我离开纽约之前还要办妥一件事情，一件对我而言既尴尬又不愉快的苦差事。原本处理这件事的最好方法是对它置之不理，但我希望将事情处理得有条不紊，而不寄希望于让时间的海洋来湮灭那杂乱无章的记忆。我去见了乔丹·贝克一面，从头到尾叙述了我们两人之间发生的种种不快，以及对我的影响。而她不动声色地躺在一张大躺椅上听着。

她穿着打高尔夫球的运动装，下巴略带傲气地朝上翘着，

① 艾尔·格列柯（1541—1614），西班牙画家，作品多为宗教画、肖像画，画风受风格主义影响，色彩明亮偏冷，人物造型奇异修长，代表作有《奥尔加斯伯爵下葬》等——译者注。

头发呈秋天树叶的金黄色，脸色同她搁在膝盖上的无指手套一样显浅棕色，看上去真像一幅漂亮的插图。当我说完以后，她未作任何回应，只是告诉我她已与另一个男人订婚了。我心中对她的话深表怀疑，虽然我知道只要她点头，是有几个男人愿意娶她的，但我仍故作惊诧状。有那么一会儿工夫，我怀疑自己是否犯了一个错误，接着我又快速重新思考了一下，就起身准备告辞了。

"不管怎么说，是你甩掉我的，"乔丹忽然说道，"你那天在电话里就将我甩掉了。我现在一点都不在乎你了，可是当时对我来说真是一种新的体验，我有好一会都感到晕晕乎乎的。"

我俩握了握手。

"哦，你还记得吗？"她又加了一句，"我们有一次聊到过开车的事。"

"啊……记不太清了。"

"记得你说过一个蹩脚的司机只有在遇到另一个蹩脚司机之前才是安全的这句话吗？好吧，我是遇上另一个蹩脚的司机了，不是吗？我是说我太粗心大意了，竟然看错了人。我原以为你是一个相当诚实、率直的人。我原以为那是你私底下引以为荣的事。"

"我已经三十岁了，"我回答道，"要是我年轻五岁的话，也许我还可以欺骗自己，并引以为荣。"

她没有再吱声。我非常生气，但对她又有几分不舍，带着这种难以言表的遗憾心情，我转身离开了。

十月下旬的一天下午，我遇见了汤姆·布坎南。当时他正沿着第五大街在我前面走着，还是那副警觉、带有攻击性的神态。他的双手略微离开他的躯干，仿佛准备随时还击别人对他的侵扰似的，同时脑袋不停地左右晃动，似乎在观察着四周的动静。我正要放缓脚步以免碰上他时，他却停了下来，蹙着眉头朝一家珠宝店的橱窗望去。突然，他看见了我，转身走了过来，并伸出了手。

"你怎么回事，尼克？你不愿意跟我握手了吗？"

"是这样的。你心里明白我对你的看法。"

"你疯了，尼克，"他急忙说，"疯得不轻。我不明白你到底是怎么了。"

"汤姆，"我质问他道，"那天下午你对威尔逊都说了些什么？"

他一言不发地干瞪着我，于是我明白了我没有猜错在威尔逊失踪的那几个小时里发生的事情。我掉头就走，可是他跨前一步，抓住了我的胳膊。

"我告诉了他事情的真相，"他说道，"我们正准备出门，这时他找上门来了。我叫佣人传话说我们不在家，他硬要往楼上冲。他当时已经疯疯癫癫了，如果我不告诉他那辆车是谁的，他会杀了我。在我家的时候，他的手一刻也没有离开过放在他口袋里的那把左轮手枪……"他忽然不再说下去，态度也变得蛮横起来，"我告诉他了又能怎样？那个家伙自作自受。他蒙骗了你，就像他蒙骗了黛西一样。其实他是一个心狠手辣的混蛋。他撞死了梅特尔就如同撞死了一条狗一样，连车子都没停一下。"

对此我无话可说，除了那个无法言明的事实：事情的经过并不是这样的。

"而且你以为我就不痛苦吗？——我告诉你，我去退掉那套公寓时，看见那盒晦气的狗食饼干还摆放在餐具柜上，我就像一个孩子那样坐在地上痛哭起来。天啊，这整件事情真是太可怕了……"

我不能原谅他，也不喜欢他，但我觉得，他所做的事情，从他自己的角度考虑，是情有可原的。而在我看来，整件事情始终充斥着不负责任、混乱不堪。汤姆和黛西，他们都是没有担当的人——他们砸碎了人家的东西，把别人给毁了，然后就龟缩到以金钱、麻木不仁或任何能够将他们结为一体予以抵御的防线后面，让别人去收拾他们留下来的烂摊子……

我跟他握了握手。因为我突然间觉得像在与一个乳臭未干的小孩子打交道，如果我赌气不与他握手，反倒显得我有点滑稽可笑。随后他走进那家珠宝店买了一条珍珠项链——或者只是一对袖扣——借此摆脱了我这个乡巴佬对他行为的吹毛求疵。

我离开的时候，盖茨比的别墅仍然空置着——他草坪上的草长得与我家这边的一样高了。村子里有个出租车司机每次载客经过盖茨比家大门口时，总不忘将车子停下来，对着里面指指点点的。也许出车祸的那天晚上，正是他开车送黛西和盖茨比到东半岛的，要不然就是他自己编造了一个故事。我可没有心思听他讲什么故事，所以我下火车后，总是刻意避开他。

每逢星期六的晚上，我都会留在纽约城里过夜，因为盖茨比家举办的那些彩灯高悬、炫人耳目的聚会依然在我的头脑中记忆犹新，我似乎仍然能够听到从他的花园里飘过来的音乐声、嬉笑声、隐隐约约，不绝于耳，以及汽车在他家车道上来回往返的声音。有一天晚上，我确实听见有一辆汽车开上他家车道了，而且看见汽车的前灯照在大门前的台阶上，但我也并没有前去探个究竟。也许那是他家来的最后一位客人，刚从遥远的海外归来，还不知道他家的聚会已经永远收场了。

在最后那个晚上，我已经收拾好行李，车子也卖给了杂货店老板，我走过去再瞧一眼这个庞大的破败之家。白色大理石台阶上，不知哪个男孩用一块砖头胡乱地在上面涂写了一个下流的字眼，在月色下显得格外的刺目，于是我用鞋底将它擦掉了。后来我又漫步来到海边，脸面朝天地躺在了沙滩上。

这时节，海滨大多数的别墅都已经人去楼空了，除了海湾对岸一艘渡轮游离的一丝灯光，四周几乎没有什么光亮。随着明月的逐渐爬升，那些幻影般的别墅逐渐融入月色之中，我脑海中不由地浮现出这样的场景：当年这座古老的岛屿像花儿一般绽开在荷兰水手的眼前，它是清新而葱绿的，是一个崭新世界的心腹之地。在这块土地上，那些已然失去的树林，那些为盖茨比的别墅让道的树林，曾经轻声吟唱，迎合着人类最宏大的终极梦想。在那个神昏心迷的短暂瞬间，面对这突兀出现的崭新大陆，人类一定会屏声静气，不由自主地沉溺于一种他既不理解，也不屑于追求的美学沉思之中。在历史上，这是人类最后一次碰上与其好奇心不分伯仲的自然景观。

当我坐在海滩上追思这块古老的、曾经不为人所知的新大陆时，我又不由地想起盖茨比第一次辨识出黛西家码头上那盏绿灯时所感受到的惊喜之情。他历经艰辛才来到这片墨绿色的草坪，他的梦想曾经显得近在咫尺，仿佛唾手可得。但他有所不知的是，过犹不及，他的梦想早已脱离他的躯壳，独自徘徊在这座城市的荒郊野外，而在夜色苍茫中，从此处延展开来的是这个国家无垠的混沌原野。

　　盖茨比笃信那束绿色的灯光，它代表着已从我们眼前逝去的流金岁月。它已弃我们而去，不过没有关系，明天我们追逐的脚步会更快，胳膊会伸得更长……直到一个宁静的清晨——……

　　……于是，我们勉力向前划去，但逆流而上的命运小舟，却不断被生活的波浪推至起航的原点。